Unheilvolle Sehnsucht

Kann man seiner dunklen Seite so einfach entfliehen?

Niemand ahnt etwas von Manuelas Doppelleben als Sub. Ihre Schwäche für dominante Bad Boys hat sie immer wieder in Schwierigkeiten gebracht, so beschließt sie eines Tages, ein neues Leben zu beginnen. Nie wieder will sie sich demütigen lassen. Doch sie muss feststellen, dass sie sich in einem skrupellosen Umfeld befindet, aus dem man nicht ohne Weiteres aussteigen kann. Zu allem Überfluss stellt auch noch ein neuer Nachbar ihr Gefühlsleben auf den Kopf. Er versteht sich zwar gut mit ihrer Tochter, aber kann man ihm wirklich vertrauen?

Packender Mafia-Erotikthriller, ab 18 Jahren.

Alica H. White kommt aus Norddeutschland und lebt im Rheinland. Sie liebt gute Liebesromane und das Bauchkribbeln, das sie auslösen können. Ihre Romane sind mit viel Herzblut geschrieben, sehr gefühlvoll, manchmal witzig oder auch frech. Das Ganze gewürzt mit einer guten Portion Erotik, einer Prise Tiefgang und einem Happy-End.

Alica H. White

UNHEILVOLLE Sehnsucht

Bibliografische Information der
Deutschen Nationalbibliothek:
Die Deutsche Nationalbibliothek verzeichnet diese
Publikation in der Deutschen Nationalbibliografie;
detaillierte bibliografische Daten sind im Internet über
http://dnb.dnb.de abrufbar.

Cover: © Kooky Rooster

Herstellung und Verlag:
BoD – Books on Demand, Norderstedt

ISBN: 9783746076973

Wenn der Wunsch nach Glück ausreichte, um es herbeizuführen, gäbe es keine Leiden, denn niemand sucht das Leid.

Dalai Lama

Namen, Orte und Handlungen dieses Romans sind vollkommen frei erfunden, aber nichts für sensible Gemüter. Traumatisierte Menschen kommen unter Umständen mit dem Inhalt nicht klar, deshalb rate ich da zur Vorsicht.

Kapitel 1 – Der Schnitt

»Manuela, hast du dir das wirklich gut überlegt? Du willst es wirklich machen?«, fragte Jennifer, während sie mit den Händen durch die nassen, langen Haare fuhr. Die Bewegung ihrer Mähne trieb Manuela die typische Mischung von Parfüm und Chemie eines Friseursalons in die Nase. Mit zusammengepressten Lippen beobachtete sie im Spiegel, wie ihre Haarpracht einmal auseinandergefächert wurde und wieder aus Jennifers Fingern floss.

Manuela atmete einmal tief durch. »Ja, hab ich. Aber es soll nur das äußere Zeichen eines ganz neuen Lebens sein. Deswegen möchte ich auch, dass du mich Ela oder Manu nennst. Lieber Ela. Ich kann meinen langen Namen nicht mehr hören. Du weißt ja, wir Frauen verändern immer gerne unsere Frisur, wenn wir unser Leben verändern.«

»Und ihren Namen, wenn sie es wirklich ernst meinen«, erwiderte Jennifer. »Aber was können diese wundervollen Haare dafür. Wenn ich sie dir jetzt so kurz schneide, wie du möchtest, werden sie sich nur schwer bändigen lassen. Die Naturkrause wird sich durchsetzen ... spätestens, wenn das Wetter feucht ist.«

»Das ist mir egal, es geht um den Schnitt – ein großer Einschnitt in meinem Leben.«

Jennifer seufzte und fasste noch einmal in den wilden Schopf. »Na ja, wenn ich dich nicht überzeugen kann ... Weißt du, die Männer stehen auf solche Mähnen, wie du sie hast. Sieh dir meine dünnen Haare an. Da könnte ich nur mit Extensions etwas machen, aber die kann ich mir nicht leisten«, murmelte sie, während sie die Deckhaare hochsteckte.

»Genau, die Männer stehen drauf.«

»Willst du damit sagen, du willst den Männern nicht mehr gefallen?«

»Ich will mich nicht mehr verbiegen, um ihnen zu gefallen. Das sind die Männer gar nicht wert.«

Jennifer schüttelte verständnislos den Kopf. »Also ... ich finde, das kann man doch nicht so pauschal sagen.«

»Also, meine Erfahrungen sprechen da für sich. Punkt. Und jetzt ab damit. Wenn sie sich wirklich nicht bändigen lassen, werde ich sie mir abscheren.«

Jennifer schnappte nach Luft und schüttelte nochmals mit dem Kopf. Ela zog ihre Augen zu Schlitzen. Sie blickte Jennifer über den Spiegel ärgerlich an und forderte sie so wortlos auf, fortzufahren.

Ela hätte ihr von den Momenten erzählen können, in denen die Männer die Kontrolle über sich verloren und sie so brutal an den Haaren gezogen hatten, dass sie Büschel davon in den Händen hielten. Was nützten alle Abmachungen, Verträge und Safewords, wenn sie nicht eingehalten wurden?

Mit kurzen Haaren würde ihr so leicht keiner mehr Schmerzen zufügen können.

Dabei fing damals mit Karl alles so harmlos an. Irgendetwas an seiner Art machte ihn für sie unwiderstehlich. Schon als sie ihn das erste Mal sah, auf der Baustelle gegenüber ihres Zuhauses, raubte er ihr fast den Atem. Er pfiff ihr hinter her, als sie an ihm vorbeiging. Es war heißes Wetter. Er stand da, mit nacktem, muskulösem Oberkörper, und grinste. Seine Haut war mit Tattoos übersät und aufgrund der Hitze mit einem leichten Schweißfilm überzogen. Die maskuline Ausstrahlung, zusammen mit dem deutlich wahrnehmbaren männlichen Geruch, löste sofort etwas in ihr aus.

Er war ein typischer Macho und sie ging auf seine plumpe Anmache ein – sie konnte nicht anders. Wie ein Magnet zog er sie an. Aber auch sie provozierte ihn jedes Mal, wenn sie an ihm vorbeikam. Und sie fand viele Gründe, an ihm vorbeizugehen. Es dauerte einige Zeit, bis er sie wirklich wahrnahm. Sie war damals jung und unschuldig. Er war so ziemlich der attraktivste Mann, den sie kannte. Schöne, männliche Gesichtszüge mit einem Dreitagebart.

Ela schloss kurz die Augen. Wie immer, wenn er in ihrer Vorstellung erschien, kam ihr sogar sein Geruch wieder in Erinnerung. Er nannte sie ›Küken‹ und war geschmeichelt von der Hartnäckigkeit, mit der sie seine Nähe suchte.

Täglich flirteten sie, begleitet von den Bemerkungen seiner Kollegen. Bis zu dem Tag, an dem er sie mit einer besitzergreifenden Geste an sich zog und gierig küsste – unter dem Gejohle seiner Kollegen. Mit dem ersten Kuss war die Sache besiegelt. Er steckte ihr einen Zettel mit seiner Adresse in die Tasche und raunte ihr ins Ohr: »Heute Abend.«

Ela sah über den Spiegel, wie die ersten Strähnen zu Boden fielen. Jennifer wirkte fast so, als hätte sie bei ihrer Arbeit körperliche Schmerzen. Sie hätte nicht erwartet, dass der Abschied von ihrer Haarpracht so schmerzen würde.

Noch am selben Abend stand sie vor Karls Wohnungstür und drückte, mit einem Schwarm Schmetterlingen im Bauch, auf den Klingelknopf. Er öffnete und zog sie wortlos herein. Gleich darauf wurde sie weiter ins Wohnzimmer gezerrt. Seine Wohnung war mit einfachen Möbeln ziemlich schmucklos eingerichtet. Es herrschte nur minimale Sauberkeit, wie bei den meisten Junggesellen.

Im Wohnzimmer riss er sie so energisch an sich, dass sie für einen kurzen Moment Angst verspürte. Er küsste sie kurz, aber dafür sehr gierig.

Gegen dominantes Auftreten hatte sie sich noch nie wehren können. Worauf hatte sie sich da nur eingelassen? Gleichzeitig spürte sie den anregenden Kitzel, den diese Ungewissheit auslöste. Seine bestimmte Art zog direkt in ihren Unterleib und ließ sie feucht werden.

Ela atmete auf dem Friseurstuhl tief durch und fühlte noch einmal die Unnachgiebigkeit, mit der er damals ihren Mund eroberte. Spürte seine leicht rauen Lippen, hatte seinen Geschmack auf der Zunge und öffnete unwillkürlich den Mund, weil er in ihren Gedanken tief mit seiner Zunge in ihren Mund eindrang. Mit festem Griff zog er sie ganz dicht an sich und machte mit jeder seiner Gesten klar, dass er sie wollte.

Ela war zwar keine Jungfrau mehr, aber ihre ersten sexuellen Erfahrungen waren mehr als enttäuschend gewesen. Was sollte man auch von Sex erwarten, der nur geschah, damit man mitreden konnte? Sie hatte sich damals auf die Avancen eines Mitschülers eingelassen. Es geschah auf einem Schulausflug. Beide waren Jungfrau, beide neugierig, und ziemlich verklemmt gewesen. Was Emil, so hieß er, nicht davon abhielt, ziemlich chauvinistisch aufzutreten. Er spritzte direkt nach seinem schmerzhaften Eindringen ab. Eine sehr enttäuschende Erfahrung. Was Ela damals aber nicht wusste, er prahlte trotzdem bei ihren Mitschülern mit seinen sexuellen Erfahrungen.

Da sie gehört hatte, dass das erste Mal meistens enttäuschend für die Frau verlief, wollte sie der Sache eine zweite Chance geben. Diesmal mit einem Freund von Emil, Theo. Theo gab sich sehr erfahren, was aber nichts als heiße Luft war, wie sie feststellen musste. Auch hier war der Akt vorbei, noch bevor er überhaupt richtig angefangen hatte – vom verkrampften Vorspiel mal ganz abgesehen. Aber auch Theo prahlte vor ihren Mitschülern mit seinen Erlebnissen, die er natürlich hemmungslos übertrieb. Von da an war sie die Schlampe in ihrer Klasse und noch mehr Außenseiterin, als sie es vorher schon gewesen war.

Ela entließ einen verächtlichen Laut auf dem Friseurstuhl.

Jennifer schaute von ihrer Arbeit hoch. »Alles in Ordnung?«, fragte sie.

»Ja, alles in Ordnung«, antwortete Ela und lächelte.

Damals allerdings war ihr gar nicht nach Lachen zumute gewesen, denn fortan durchlebte sie in ihrer Klasse einen Spießrutenlauf. Da nützte es auch nichts, dass sie fortan die Finger von allen Jungs in ihrem Alter ließ. Bis sie Karl kennenlernte, ließ sie überhaupt die Finger von den Männern.

Karl war der erste Mann, der echtes Interesse an ihr zeigte. Sie konnte kaum glücklicher sein. Karl war damals Ende zwanzig und strahlte in ihren Augen eine unwiderstehliche Reife und Erfahrung aus. Sie selbst war erst fünfzehn, wirkte aber Gott sei Dank älter, andernfalls hätte er sich wohl nicht auf sie eingelassen. Die sexuelle Erregung, die sie durch ihn erfuhr, war ihr unbekannt. Er war ein Mann, der wusste, was er wollte.

Ihr erstes Mal war hart und schnell gewesen. Viel zu kurz für sie, um zum Orgasmus zu kommen. Er hatte ihre Brust entblößt und sie kurz mit seinen rauen Arbeiterhänden stimuliert. Dann hatte er mit einer dominanten Geste seinen breiten Hosengürtel geöffnet. Ungefähr so, wie ein herrischer Vater das machte, um ihn herauszuziehen und damit sein ungehorsames Kind zu disziplinieren.

Ela konnte sich noch gut erinnern, wie ihr dabei die Hitze in den Unterleib geschossen war. Selbst bei dieser Erinnerung auf dem Frisierstuhl konnte sie noch eine gewisse Erregung spüren.

Karl drehte sie herum, drückte ihren Oberkörper über die Sofalehne und hob ihren Rock. Mit seinem Fuß stieß er an ihre Beininnenseiten und gebot ihr, sich breitbeinig hinzustellen. Sie keuchte leise, als sie seine Finger spürte, die ihren Slip beiseiteschoben, tief in ihre Spalte tauchten und anschließend die Feuchtigkeit verteilten. Eine Zeit lang ließ er sie in dieser unterwürfigen Stellung verharren. Mit geschlossenen Augen spürte sie, wie sich ihre Erregung langsam in eine unerträgliche Gier verwandelte. Sie konnte hören, wie die Gürtelschnalle zu Boden fiel und es raschelte und knisterte. Dann vernahm sie ein erregtes Keuchen. Als sie sich umdrehen wollte, wurde sie mit einem energischen »Bleib so« wieder zurückgedrückt. Sie schloss die Augen und erwartete ihn ungeduldig.

Fast brutal zerriss er ihren Slip und drückte ihre Beine noch ein Stück weiter auseinander. Sie verglühte fast vor heißer Erwartung, als sie seinen Schwanz an ihrem Eingang spürte. Die beeindruckende Größe war zu erahnen, als sie durch sein ruckartiges Eindringen einen süßen Schmerz verspürte. Sie stöhnte.

»Scheiße ... ist das geil ... Du bist so heiß ... so eng«, entfuhr es ihm, während er in sie hineinstieß. Sie konnte sich noch erinnern, wie glücklich sie dieser Ausruf machte. Mit schnellen Bewegungen fickte er sie so hart, dass er laut klatschende Geräusche verursachte. Ab und zu griff er an ihre vom Bumsen wackelnde Brust und knetete sie grob und leidenschaftlich.

Ela genoss alles, jede seiner Berührungen, und wünschte sich, dass dieser Akt niemals endete. Aber schon nach kurzer Zeit wurden Karls Stöße noch schneller und härter. Er keuchte immer versessener, was ihr das Herannahen des Orgasmus verriet. Ihm war offensichtlich egal, ob sie ihre Befriedigung erreichte. Doch das machte ihr nichts aus, sondern steigerte ihre Erregung ins Unerträgliche. Schon spürte sie sein Fleisch in ihr zucken, begleitet von seinem animalischen Stöhnen. Ungerührt ließ er sie in ihrer Geilheit zurück. Ela ächzte.

Kaum war er fertig, zog er sie an ihren Haaren wieder hoch. Der Schmerz ließ sie leise ächzen. Sie drehte sich um und konnte beobachten, wie er sein Kondom abstreifte, einen Knoten hineinmachte und es in den Papierkorb warf.

Sein süffisantes Grinsen erschien vor Elas innerem Auge. Allein die Vorstellung ließ sie auf ihrem Stuhl unruhig herumrutschen, die Gier von damals war wieder präsent.

»Alles Okay? Ist alles bequem so?«, fragte Jennifer.

»Ja, alles Okay. Ich musste mich nur mal etwas anders hinsetzen«, beruhigte Ela sie.

Karl wusste damals anscheinend genau, was in ihr vorging.

»Du bist ein ganz schön heißes Küken«, murmelte er und musterte sie durchdringend. »Du willst einen Orgasmus? Dann musst du ihn dir verdienen.«

Und wie sie den Orgasmus wollte! Sie wollte alles für ihn tun. Alles für diesen Orgasmus und für Karl.

»Zieh dich aus«, befahl er.

Sein Ton schüchterte sie ein, ihr Atem stockte. Zitternd gehorchte sie. Ihr Atem ging schnell, als sie splitternackt vor ihm stand und nochmals ausführlich gemustert wurde. Sein Blick stockte an ihrer unrasierten Scham. Auf einmal bekam sie Angst, dass sie ihm nicht genügen könnte. Würde es nur bei diesem einen Mal bleiben? Schon jetzt wünschte sie sich nichts mehr, als sich unter seiner Erfahrung und Führung immer wieder fallen zu lassen, und alles Negative in ihrem Leben für einen Moment auszublenden.

»Wenn ich dich das nächste Mal hierher bestelle, bist du blank rasiert«, befahl er und Ela nickte erleichtert.

Es war doch nichts dabei, wenn es ihm so besser gefiel, sagte sie sich damals. Die Freude über ein nächstes Mal überwog deutlich.

»Mach ich, wenn du es dir so wünschst«, antwortete sie.

»Du redest nur, wenn du etwas gefragt wirst! Wenn du von mir gefickt werden willst, wird gemacht, was ich sage ... und du gehorchst«, herrschte er sie an.

Ihr stockte der Atem, dennoch gefiel ihr diese dominante Art. Konnte es besser für sie kommen? Sie war jung und unerfahren. So würde sie nicht lange nachdenken müssen, ob sie das Richtige sagte. Wollte sie ihm doch um jeden Preis gefallen.

»Du räumst jetzt die Bude hier auf, denn die hat es mal wieder nötig. Und wenn du es gut machst, dann werde ich dir auch den versprochenen Orgasmus verschaffen. Einen, den du so schnell nicht mehr vergessen wirst. Ich erwarte, dass du dir Mühe gibst und weißt, was ich wünsche. Schau dich gründlich um und merke dir alles, denn das wirst du ab jetzt öfter machen müssen.«

Heute konnte Ela nur mit dem Kopf schütteln, wenn sie an ihren unterdrückten inneren Jubel von damals dachte.

»Du musst still sitzen, sonst verschneide ich mich«, tadelte Jennifer.

»Entschuldige, ich musste gerade an was denken«, antwortete Ela.

Es war gut, dass Jennifer jetzt mit dem Föhnen anfing, denn so musste sie bei den aufrührenden Erinnerungen nicht vollständig still bleiben.

Er wollte mehr von ihr, das war das Einzige, was sie denken konnte. Eifrig machte sie sich ans Werk und reinigte splitternackt Karls Wohnung. Der Gedanke auf den Belohnungssex steigerte ihre freudige Erregung mit jeder Minute. Ihm zu dienen war das Größte.

Karl sah ihr in T-Shirt und Unterhose bei der Arbeit zu. Ab und zu wies er sie streng zurecht, wenn sie etwas nicht richtig machte.

Ela gab sich die größte Mühe, ihn zufriedenzustellen. So kam sie nach getaner Arbeit tatsächlich zu ihrem ersten ›richtigen‹ Orgasmus, den Karl nach einem etwas längeren Akt gekonnt provozierte. Er hatte offensichtlich reichlich sexuelle Erfahrung und wusste genau, welche Knöpfe er bei ihr drücken musste.

Mit einem »morgen kommst du wieder« verabschiedete er sie direkt danach. Vorher hatte er noch nach ihrer Kleidergröße gefragt. Ela nickte freudig, sie hatte das Gefühl zu schweben. Bei ihm konnte sie jede Minute genießen, ohne nachdenken zu müssen. Auf diese Art den Kopf freikriegen, davon waren ihre Gedanken künftig beherrscht.

Karl ›bestellte‹ sie fast jeden Tag. Schon beim nächsten Treffen hatte er erotische Unterwäsche besorgt, die sollte sie jetzt immer bei der Hausarbeit tragen.

Während der Arbeit nahm er sie immer mal wieder, bevorzugt von hinten. Ela genoss seine Aufmerksamkeit in vollen Zügen und streckte ihm willig ihr Hinterteil hin. Es machte ihr überhaupt nichts aus, dass der Sex zwischen ihnen so gar nichts Zärtliches hatte – im Gegenteil. Je gieriger er sie benutzte, desto sicherer war sie sich, dass er sie wirklich wollte und brauchte.

Er bestand darauf, sie exklusiv zu ficken, das war ihr nur recht. Er ließ sich bedienen und sie stellte das keine Sekunde infrage. Sie war glücklich, dass sie ihm so ihre Liebe und Ergebenheit zeigen konnte.

Da sie noch bei ihren Eltern wohnte, war es keine Frage, dass sie in seine Wohnung kam. Das war auch noch in anderer Hinsicht gut so, denn ihre Eltern wären mit diesem Mann, der daherkam wie frisch aus dem Gefängnis entlassen, niemals einverstanden gewesen.

Eine Zeit lang lief alles harmonisch, auch Karl zeigte sich sehr zufrieden. Bis zu dem Moment, als sie ihm beichten musste, dass sie ihre Tage hatte.

»Ich finde es ekelig, in Blut herumzustochern. Besorg dir eine Pille, die die Blutung verhindert«, befahl er. »Ich bin sauber. Das kann ich dir beweisen. Dann kann ich dich auch ohne Gummi bumsen. Das Scheißding nimmt einem sowieso den ganzen Spaß.«

Ela konnte sich noch gut an den Angstschweiß erinnern, der ihr augenblicklich ausbrach. »Das geht nicht«, musste sie ihm gestehen. Ein Kloß bildete sich in ihrem Hals, als sie Karls ungeduldiges Gesicht sah.

»Warum nicht?«, schimpfte er.

Sie räusperte sich zwar, aber die Antwort kam dennoch sehr leise und heiser. »Ich brauche noch die Zustimmung meiner Eltern.«

Er machte einen bedrohlichen Schritt auf sie zu und sie wich zwei zurück. Dann wurde sie vom Sofa am Weitergehen gehindert. Er nahm ihren Kiefer in den Klammergriff und zwang sie, ihn anzusehen. Ela beobachtete, wie es hinter seiner Stirn arbeitete und ihm nach und nach die Gesichtszüge entglitten, weil ihm klar wurde, dass es dafür nur einen Grund geben konnte.

»Soll das heißen, dass ich eine Minderjährige ficke?«, ranzte er und ließ angeekelt von ihr ab.

Sie biss auf ihre Unterlippe und senkte schuldbewusst den Kopf. Erleichterung durchfuhr sie, als sie eine schallende Ohrfeige kassierte. Die hatte sie wohl ver-

18

dient. Karl ging nervös im Zimmer auf und ab. Immer wieder schüttelte er den Kopf und fuhr sich durch die kurzen Haare. »Fuck ... das hättest du mir gleich sagen müssen. Ich komm doch in Teufels Küche, wenn das auffliegt.«

»Ich ... ich werde es bestimmt niemandem verraten ... ich schwöre ... ich ... ich liebe dich doch.« Die Angst, dass er sich von ihr abwenden würde, wurde auf einmal übermächtig. Tränen der Verzweiflung stiegen in ihr auf.

»Du machst mich so wütend! Weißt du das?! Du hast mich angelogen!«

Ela nickte schuldbewusst. Ergeben fiel sie auf die Knie und sah flehend zu ihm hoch. »Bitte ... bitte lass mich nicht fallen. Ich werde alles tun. Ich tue alles ... alles, was du willst«, bettelte sie verzweifelt.

Karl schaute sie ratlos an, dann setzte er sich auf das Sofa und verbarg sein Gesicht in den Händen. »Das gibt es doch nicht ..., ich ficke eine Minderjährige ... oh Mann«, murmelte er immer wieder und schüttelte zwischendurch den Kopf.

Ela wusste sich keinen Rat. Auf den Knien kroch sie zu ihm hin und fing an, seine nackten Füße zu küssen. Zu Hause lief er meistens in Boxershorts herum. Erleichtert beobachtete sie, wie sich sein Atem beruhigte und er sich auf die Berührung konzentrierte. Sie küsste und liebkoste sich seine Beine hoch. Er streckte ihr sein Becken entgegen, als sie anfing, ihn zu blasen. Sie leckte und lutschte seine Eier und gab alles. Es war der ambitionierteste Blowjob ihres Lebens. Und Karl kanalisierte seine Wut, indem er ihren Kopf festhielt und ihr seinen Schwanz tief in den Rachen rammte. Sie ließ es geschehen, sah es als gerechte Bestrafung und unterdrückte ihren Würgereiz, so gut es ging. Als er in ihrem Mund abspritzte und sie schluckte, hatte sie ihr Ziel erreicht und ihn besänftigt.

»Wenn wir jemals auffliegen, bring ich dich um«, drohte er und sie zweifelte nicht an seinen Worten.

Sie nickte. »Niemals«, bestätigte sie.

Sie durfte bleiben, aber fortan wurde sie härter behandelt. Ihre Mähne war dabei immer wieder ein gutes Mittel, Gehorsam einzufordern.

Sie hätte Jennifer davon erzählen können, aber das gehörte nicht zu den Dingen, die man seiner Friseurin erzählte. Überhaupt trug sie nicht viel über ihre Beziehungen nach draußen, denn ihre Vorlieben gehörten zu den Dingen, für die ihre Umwelt nur wenig Verständnis zeigte.

»Möchtest du Festiger?«, fragte Jennifer und blickte sie über den Spiegel an. »Dann hält die Frisur etwas besser.«

Ela nickte.

Kapitel 2 – Familienleben

Ela betrachtete ihre neue Frisur nachdenklich im Spiegelbild des Schaufensters. Jennifer hatte recht, die neue Frisur sah ziemlich elegant aus. Ela wirkte viel selbstbewusster – genau das, was sie erreichen wollte. Oder nicht?

Auf dem Frisierstuhl war ihr wieder einmal bewusst geworden, wie schwer es ihr fallen würde, auf ihre sexuellen Vorlieben zu verzichten. War es doch ein Eingeständnis, dass sie es aufgegeben hatte, eine Beziehung zu finden, in der sie trotzdem mit Respekt behandelt wurde.

Inzwischen war sie an der Bahnstation angekommen und musste sich beeilen, damit ihr Zug nicht davonfuhr. Außer Atem setzte sie sich auf einen Fensterplatz, sah aus dem Fenster und hing wieder ihren Gedanken nach.

Die kurze Zeit mit Karl war trotz allem immer noch mit schönen Gedanken verbunden. Er war nie wirklich brutal zu ihr gewesen, sondern auf seine Art sogar fürsorglich. Sie musste damals nur bedingungslos gehorchen, dann hatte er im Gegenzug auch alles getan, damit sie zu ihrem Recht kam. Darunter verstand er hauptsächlich seine Fähigkeit, ihr beeindruckende Orgasmen zu verschaffen, die ihr noch heute in Erinnerung waren. Wie hatte sie es geschätzt, dass er ihr seine

Talente bewusst machte, indem sie ihm vorzählen musste, wie viele Orgasmen er ihr verschafft hatte.

Aus heutiger Sicht würde sie sagen: Dumm bumst gut. Aus diesem Grund wäre es auch auf Dauer nie gut mit ihm gegangen. Aber im naiven Wunschdenken eines Teenagers hatte sie ihn aus tiefstem Herzen geliebt. Sie träumte damals von der großen Liebe – für immer. Bis – ja, bis er sein wahres Gesicht zeigte.

An dem Tag hatte sie Anweisung von Karl bekommen, neue Kondome zu kaufen und mitzubringen. Leider hatte er vergessen, die Größe anzugeben, und sie hatte sich vollkommen verschätzt. Aufgrund ihrer fast jungfräulichen Enge hatte sie ihn wohl als größer empfunden, als er letztendlich war. Sie sah sein mürrisches Gesicht noch immer vor sich. Möglicherweise war es ihm peinlich, dass er nur durchschnittlich bestückt war, und wollte sich keine Blöße geben. Aber sein Verlangen war wohl größer.

»Wird schon gehen«, hatte er gemurmelt und sich in ihr versenkt.

Sie konnte sich noch gut an das Theater erinnern, als das Kondom bei seinem Rückzug in ihr drinblieb. Wie hatte er getobt und geschimpft.

»Unverantwortlicher Mist!«, »Wie kann man nur so dämlich sein?«, »Warum hast du nicht noch mal nachgefragt!?«, »Was, wenn das jetzt schiefgeht? Dann komme ich in Teufels Küche!«, »Bete, dass das gut geht!« und »Sobald du sechzehn bist, besorgst du dir die Pille ... Verstanden!?«

Sie hatte nur schuldbewusst genickt und das Teil herausgefingert. Es steckte ziemlich tief. Sie konnte ihn ja verstehen, schließlich wollte sie selbst nicht schwanger werden. Deshalb folgte sie auch eilig, als er ihr ein »Geh mir aus den Augen! Verschwinde, sonst vergesse ich mich noch!« entgegenschleuderte.

Als sie die Wohnung verließ, brach ihr sein »Das hat man davon, wenn man sich mit Kindern einlässt« fast das Herz. Sie hätte ihn so gerne gefragt, ob sie wiederkommen durfte, aber das hatte sie sich nicht getraut.

Drei Wochen war sie damals von Angst und Trauer gefangen. Drei Wochen, die ihr unerträglich lang vorkamen. Ihre Gedanken waren so von Karl und einem möglichen Ende der Beziehung fixiert gewesen, dass sie gar keinen Gedanken mehr an eine mögliche Schwangerschaft zuließ. Ihre Tage hatten inzwischen eingesetzt, wenn auch sehr schwach. Aber sie dachte sich damals nichts dabei, waren sie doch nie besonders pünktlich gekommen.

Wie erleichtert war sie, als Karl sich doch wieder meldete und nach ihr verlangte. Die Kondome besorgte er fortan selbst. Es bestand nicht mehr dasselbe Klima zwischen ihnen, ein rauerer Ton herrschte vor. Doch in drei Monaten wurde sie sechzehn, dann wollte sie sich sofort die Pille besorgen. Sie war der festen Meinung, dass dann alles wieder gut werden würde.

Ela blickte auf die vorbeiziehende Landschaft. Die Erinnerung schickte ihr einen kalten Schauer über den Rücken. Er fühlte sich genauso an wie damals, als der

Frauenarzt ihr mitteilte, dass sie schwanger war und es für eine Abtreibung zu spät wäre. Erst da erfuhr sie, dass man in den frühen Phasen einer Schwangerschaft durchaus noch eine Blutung haben konnte. Damals nützte ihr das allerdings nur noch wenig.

»Hallo! Kann ich bitte die Fahrkarten sehen?

Ela war so in Gedanken versunken gewesen, dass sie den Schaffner überhaupt nicht bemerkte. Wortlos hielt sie ihm die Karte hin und versuchte, die aufsteigenden Tränen zu unterdrücken, denn der Spießrutenlauf von damals war auf einmal wieder präsent.

Karl beendete die Affäre sofort. Wollte er doch keine Anzeige wegen Unzucht mit Minderjährigen riskieren. »Wer will schon eine Frau mit dickem Bauch ficken und nach der Geburt bist du nicht mehr so eng. Dann ist der Spaß sowieso vorbei. Um ein Kind werde ich mich bestimmt nicht kümmern«, hatte er damals argumentiert. »Mach es weg, von mir aus illegal ... ich werde mir von einem Kind nicht auch noch ein Kind andrehen lassen.«

Aber eines war ihr damals schon klar gewesen: Eine Abtreibung wäre für sie schlimmer, als das Kind zu bekommen. Dabei drohte er sogar, sie umzubringen, wenn sie nicht gehorchte. Am Ende der Auseinandersetzung hatten die brutalen Worte ihr Herz als Ruine hinterlassen.

Nachdem sie den ersten Schock überwunden hatten, hatten sich ihre Eltern erstaunlich verständnisvoll gezeigt. Wohl, weil sie sahen, wie schlecht es ihrer Tochter ging. Irgendwann hatten sie sich auch damit abgefunden, dass sie den Namen des Vaters nicht erfahren würden. Ohne die Hilfe ihrer Eltern hätte Ela diese labile Phase womöglich nicht überlebt.

Das Schuljahr musste sie wiederholen. Das war aber nur gut, denn so war sie dem Hohn und Spott ihres Jahrgangs nicht mehr ganz so ausgesetzt. Allerdings blieb sie auch in der neuen Klasse Außenseiterin. Nur mit Ach und Krach erreichte sie ihr Abitur. Danach versank sie vollends im Selbstmitleid. Keine Ziele, keine Pläne, ließ sie sich nur noch haltlos treiben. Jede Party war ihre. Jeder Mann, der nur nachdrücklich genug ihre Nähe suchte, bekam, was er wollte.

Sie war froh, dass wenigstens ihr Körper etwas fühlte, denn ihre Seele war wie taub.

Es dauerte Jahre, bis sie sich über ihre Tochter freuen konnte. Ohne die Fürsorge, die ihre Großeltern Lina entgegenbrachten, hätte diese sicher seelischen Schaden genommen.

Erst die Freundschaft mit Frauke und Karina, zwei Mütter mit Töchtern im gleichen Alter, die sie im Kindergarten kennenlernte, machte es möglich, dass ihre seelischen Wunden langsam zu heilen begannen.

Es war, wie es war. Jung war eben auch dumm. Und da gab es Fehler, die nicht mehr rückgängig zu machen waren, wenn der Zug einmal ins Rollen geraten war. Das galt natürlich auch für Karl, der mitbekommen hatte, dass sie das Kind behalten hatte. Ob er es manchmal bedauerte, seine Tochter nicht kennengelernt zu haben?

Der Zug war angekommen und Ela stieg aus. Auf dem Fußweg nach Hause versuchte sie, die düsteren Gedanken der Vergangenheit auszublenden und sich auf die Zukunft zu konzentrieren.

»Kind ... deine Haare«, stammelte ihre Mutter, Simone, als Ela ins Haus kam. »Warum?«

Was sollte sie jetzt antworten? Ich will mit meiner dunklen Seite abschließen?

»Warum nicht?«, murmelte sie. »Es ist praktischer, wenn ich an der Uni bin. Ich fahr mal Lina abholen«, erklärte sie und griff die Autoschlüssel vom Board.

Ihre Mutter setzte zur Erwiderung an, doch Ela war schon an der Tür. Als sie sich mit einem »Tschüss«, noch einmal umdrehte, sah sie Simone kopfschüttelnd im Flur stehen.

Der nächste Punkt auf ihrem Befreiungsplan war der einfachste – oder auch nicht. Sie musste Lina klar machen, dass sie nicht mehr so viel Zeit für sie hatte. Mit ihren neun Jahren war sie vielleicht schon in einem Alter, wo sie auf die Gesellschaft ihrer Mutter nicht mehr so viel Wert legte.

»Cool Mama. Was willst du denn studieren?«, fragte Lina aufgeregt.

»BWL. Da gibt es für Frauen noch die besten Aussichten«, erwiderte Ela erleichtert.

»Wow ja, echt cool. Das hat Frauke doch auch studiert, oder? Da verdient man gut.«

»Ja, genau«, antwortete Ela und verdrängte, dass diese Probleme hatte, mit Kindern einen angemessenen

Job zu finden. Man konnte die Sache drehen und wenden, wie man wollte, junge Mütter hatten Nachteile auf dem Arbeitsmarkt. Eigentlich hätte Ela auch Jura gereizt, aber da waren die Möglichkeiten noch schlechter. Wenn sie schon die Mühen eines Studiums auf sich nahm, dann wollte sie die Früchte auch ernten. »Ich will endlich genug Geld verdienen, damit ich bei deinen Großeltern ausziehen kann.«

»Nein!«, rief Lina erschreckt. »Ich will nicht bei Oma und Opa ausziehen.«

»Klar, versteh ich. Noch ist es ja auch nicht so weit und es wird noch ein paar Jahre dauern. Vielleicht siehst du es dann ja schon ganz anders.«

»Nein, das werde ich nie anders sehen«, antwortete ihre Tochter bestimmt und wandte sich beleidigt ab.

Ela seufzte. Es war nicht zu erwarten, dass es leicht werden würde. Für sie war es langsam Zeit, auf eigenen Füßen zu stehen. Wenn sie jetzt nicht den Absprung fand, würde sie ihn vielleicht nie finden.

Als sie zu Hause ankamen, blockierte ein Möbelwagen die Garagenzufahrt. In das Nachbarhaus, das schon ein paar Monate leer stand, schien wieder Leben einzukehren. Deswegen brauchten die aber noch lange nicht die Auffahrt zu blockieren. Also betätigte Ela kräftig die Hupe.

Vielleicht hatte diese ungewöhnliche Aggression ja auch noch einen anderen Grund, denn heute Abend würde sie die unselige Beziehung zu Mario beenden. Vermutlich der schwerste Punkt auf ihrem Befreiungsplan. Für die Einschreibung hatte sie auch noch nicht alle Unterlagen beisammen. Auf jeden Fall hatte sie keine Zeit zu verlieren.

Ein überaus kräftig gebauter Möbelpacker eilte herbei und sah mürrisch in ihren Wagen. Der Muskelmann sah sie abschätzend an und grinste. »Immer langsam, Lady. Wer wird denn gleich so unwirsch sein. Wir machen nur unseren Job und bis eben war hier noch nix frei.«

Die bestimmende Art des Möbelpackers löste mal wieder devote Automatismen aus und Ela schämte sich für ihre Ungeduld. »Entschuldigung, aber ich hab noch eine Menge zu tun«, murmelte sie durch die heruntergelassene Scheibe und wich seinem Blick aus.

Gleich danach ärgerte sie sich, dass sie mal wieder zu brav reagiert hatte. Wollte sie sich nicht ändern und selbstbewusster auftreten?

Nachdenklich ging sie ins Haus. Es waren immer wieder dieselben Muster, nach denen sie funktionierte wie ein gehorsames Kind. Aber sie war jetzt erwachsen. Es war wirklich an der Zeit, dass die durchbrochen wurden.

Ihre Mutter stand am Fenster und hatte die Gardinen einen Spalt beiseitegeschoben. »Wann hast du heute oder morgen Zeit?«, fragte sie wie beiläufig.

Ela stöhnte innerlich. Immer wenn ihre Mutter diesen Ton draufhatte, wurde es anstrengend. Schon seit einiger Zeit arbeitete sie als Kellnerin in einer Trattoria in der Innenstadt. Dessen Besitzer musste sie auch noch klar machen, dass sich ihr Schichtplan demnächst nach den Vorlesungen richten musste.

»Heute Abend hab ich noch was vor, und morgen die übliche Schicht«, antwortete sie wahrheitsgemäß. »Wieso?«

»Ich habe Brot und Salz besorgt. Das könntest du dem neuen Nachbarn zur Begrüßung hinüberbringen.«

»Weiß nicht, mal sehen«, brummte Ela. »Das kannst du doch auch machen.«

»Nein, das machst besser du. Es sind zwei wirklich nette junge Männer. Ich habe heute Morgen schon mit ihnen gesprochen.«

Ach ja, alles klar. Wieder einmal ein Kuppelversuch ihrer Mutter. Ela erinnerte sich noch lebhaft an die Zeit, als sie bei einer Partneragentur nach einem ›netten Mann‹ für sie gesucht hatte. Ihre Eltern konnten ja nicht wissen, dass sie gar nicht auf nette Männer stand.

Ela hatte wohlweislich noch nie einen ihrer Liebhaber nach Hause gebracht. Abgesehen davon hatten diese auch nie Interesse gezeigt, in ihre Familie eingeführt zu werden. Kein Einziger von ihnen eignete sich als Schwiegersohn. Offiziell traf sie sich bei ihren Dates immer mit Freundinnen. Vielleicht hatten ihre Eltern ja insgeheim die Befürchtung, sie sei lesbisch. Soviel, wie sie abends unterwegs war, hätte sie schließlich schon längst einmal etwas Heiratsfähiges anbringen müssen. Es half nichts, es war klüger, die brave Tochter zu spielen.

»Ja, meinetwegen. Aber ich hab nicht lange Zeit«, seufzte sie. »Gib her.«

Mit geschlossenen Augen sammelte sie sich und drückte leicht aufgeregt auf den Klingelknopf des Nachbarhauses. Als sich die schwere Massivholztür der alten Bürgervilla öffnete, verschlug es ihr den Atem. Sie kannte diesen Mann. Er war öfter in ihrer Trattoria zu Gast und gehörte zu den Männern, die eine unverschämt anziehende Aura hatten.

Seine Wirkung auf sie war geradezu mysteriös. Er war der schlanke, südländische Typ, mit fast schwarzen Haaren und dunklen, glutvollen Augen, die sie immer so beängstigend anfunkelten.

In seiner Anwesenheit war sie immer sehr nervös und musste sich ziemlich konzentrieren, damit ihr bei der Bestellung keine Fehler unterliefen. Vielleicht war es ja auch wieder die bestimmende Art oder die männliche Stimme, die diese Nervosität verursachten. Sein Charisma war etwas, dem sie sich nur schwer entziehen konnte.

Er sah sie an und die versteinerte Miene löste sich in ein Lächeln auf. »Na, wenn das Mal keine nette Überraschung ist! Wir kennen uns doch.«

Ela stand wie angewurzelt da und spürte, wie ihr das Blut in den Kopf schoss. Sie schluckte, doch das konnte den trockenen Mund nicht befeuchten. Trotz größter Anstrengung brachte sie kein Wort heraus und konnte nur nicken.

»Haben Sie Lust, kurz auf einen Kaffee hereinzukommen?«

Am liebsten wäre sie abgehauen, aber irgendetwas hielt sie davon ab. Sie nickte abermals stumm.

»Ich weiß genau, Sie können sprechen. Was hat Ihnen denn die Sprache verschlagen?«

Ela atmete tief durch, um antworten zu können. »Ähm ... eigentlich habe ich gar keine Zeit«, murmelte sie und senkte verlegen den Kopf. Hoffentlich sah er ihre roten Wangen nicht.

Was war nur mit ihr los? Sie sammelte allen Mut zusammen und holte tief Luft.

»Meine Mutter schickt mich, ich soll Ihnen Brot und Salz vorbeibringen und alles Gute zum Einzug wünschen«, ratterte sie ihr Sprüchlein herunter. Dabei hielt sie ihm das Paket mit gestreckten Armen hin, als wäre es ein Schutzschild.

»Danke«, stammelte er und wirkte auf einmal verlegen.

»Eigentlich muss ich los. Ich will Sie auch nicht aufhalten.«

»Kann man nichts machen«, antwortete er, immer noch sichtlich verdattert.

Er nahm das Paket und Ela suchte schleunigst das Weite. Sie war vollkommen durcheinander nach dieser Begegnung. Der Typ, der sie als Gast in der Pizzeria immer so nervös machte, war jetzt ihr Nachbar. Heilige Scheiße!

Wollte sie nicht noch zu Mario, um die Beziehung ein für alle Mal zu beenden? Oder sollte sie besser darauf warten, dass er nach ihr verlangte? Diese Begegnung mit dem Nachbarn löste gerade so viele Fragen in ihr aus. In ihrem Kopf rotierte es. Nein, heute würde sie keinen klaren Gedanken mehr fassen können. Deshalb war es besser, heute nichts mehr zu tun.

***

Luca lehnte sich an die geschlossene Haustür. Was war denn das? Warum hatte er sich nicht an seinen Plan gehalten? Er wollte doch Kontakt aufnehmen und nun ließ er sich eine solche Gelegenheit durch die Lappen gehen. Hoffentlich hatte Ela nicht gemerkt, wie nervös er auf einmal war. Irgendetwas an ihrer Ausstrahlung war anders. Er kannte sie ja nur im Kellnerinnendress, mit hochgestecktem Haar. Mit dieser neuen, eleganten Frisur und dem heißen Kleid hatte sie ihm glattweg den Atem verschlagen.

Zwischen ihnen hatte es geknistert, als sie ihm das Willkommenspaket überreicht hatte. Dessen war er sich sicher. Ihre Wirkung auf ihn war anders als sonst. Viel stärker, ja fast magisch. Hoffentlich machte das keine Probleme beim Umsetzen seines Plans. Gott sei Dank würde sein Bruder Ciro die Hauptarbeit machen.

»Wow! Was für ein heißer Feger! War das diese Manuela?«, fragte Ciro, der im Hintergrund die Szene beobachtet hatte.

Luca nickte.

»Du hast ja gar nicht gesagt, dass ich eine *Zehn* anbaggern soll«, erklärte er mit leuchtenden Augen.

»Vielleicht vom Aussehen ... ja«, brummte Luca. »Aber sie ist eine verdammte Schlampe, die alles mit sich machen lässt. Wir bleiben bei unserem Plan: Erst bist du charmant, dann dominant und dann wird sie die Beine breitmachen. So wird sie hoffentlich liefern ... aber nur, wenn du gut genug bist.«

»Warum soll ich die Drecksarbeit machen? Sie steht auf dominant? Ist sie dann nicht viel eher was für dich?«

Luca schluckte, denn genau das war ja das Problem.

»Du kennst meine Probleme mit Frauen, die bedingungslos gehorchen.«

»Du solltest dich endlich von der Vergangenheit lösen. Bedingungslos gehorchen? So sieht sie gar nicht aus.«

»Tatsache ist, dass sie sich von Mario einspannen und auch ficken lässt. Außerdem arbeitet sie für Fabio und wer weiß, wen noch alles«, grummelte Luca.

»Vielleicht weiß sie ja gar nicht, was sie da tut«, wandte Ciro ein.

»Wenn sie wirklich so blöd ist, hat sie es nicht besser verdient.«

»Du kennst meine Meinung dazu. Deine Pläne sind Bullshit. Umzuziehen, um Informationen von einer Frau zu bekommen? Schwachsinn!«

»Wenn du bessere Vorschläge hast ... bitte! Ich tu wenigstens etwas!«

Kapitel 3 – Wie ein Blatt im Wind

»Wie oft habe ich dir schon empfohlen, die drei obersten Knöpfe der Bluse zu öffnen? Das gibt definitiv das meiste Trinkgeld und die höchste Kundenzufriedenheit.« Fabio, Elas Chef, trat von hinten an sie heran und öffnete einen weiteren Knopf, sodass er unter den BH fahren konnte. Er packte die Brust, drückte einmal zu und entfernte die Hand wieder.

Ela schloss die Augen und hielt den Atem an.

»Und ist der Kunde zufrieden, ist der Chef zufrieden«, raunte er ihr ins Ohr, während er sie bei den Hüften packte und ihren Hintern gegen seinen Unterleib presste. Seine Härte war deutlich zu spüren und ließ sie feucht werden.

Sie hasste sich dafür und fühlte sich wie ein Blatt im Wind. Warum reagierte sie auf so plumpe Anmachversuche? Sie fühlte sich wie ein ungesicherter Revolver, bei dem man nur noch den Abzug betätigen musste, schon feuerte er los. Mit einer Kugel ohne Ziel, die sich immer wieder als Querschläger erwies, ihr Herz traf und es schonungslos zerfledderte.

Sie hatte nur noch einen Gedanken: *So schnell wie möglich raus hier, hinein in ein besseres Leben.* Ela drehte sich um und wich dem Blick ihres Chefs aus.

»Ich wollte dich gerne sprechen, denn ich brauche ein paar Änderungen in meinem Dienstplan«, krächzte sie.

Fabio legte den Finger unter ihr Kinn und zwang sie, ihn anzusehen. »Nach Dienstschluss in meinem Büro.«

Sie entzog sich seinem Finger und nickte eilig. Dann drehte sie sich weg, um weiterzuarbeiten. Fatalerweise waren damit nicht alle brenzligen Situationen bewältigt, denn ihr nächster Kunde machte sie mehr als nervös.

Jeden Mittag saß er auf demselben Platz und beobachtete sie mit Argusaugen. Sein ganzes Auftreten machte klar, dass er keinen schlechten Service duldete. Ela musste beim Bedienen immer all ihren Mut zusammennehmen, denn dieser Mann löste beängstigende Gefühle in ihr aus. Gefühle, von denen sie nicht so recht wusste, wie sie sie einordnen sollte. Jetzt war er auch noch in ihre Nachbarschaft gezogen.

Elas Herz schlug bis zum Hals, als sie nach Dienstschluss an der Tür ihres Chefs klopfte. Sie atmete tief durch. Nein! Sie würde sich nicht zum Spielzeug ihres Chefs machen lassen! Sie würde ihren Dienstplan auch so geändert bekommen.

»Ja«, erklang es gereizt.

Zögernd öffnete Ela die Tür. Ihr Chef saß im ausladenden Ledersessel hinter dem schweren, dunklen Edelholzschreibtisch.

»Komm rein«, muffelte Fabio ungeduldig. »Also, was willst du genau?«

»Ich möchte von der Mittags- in die Abendschicht wechseln«, flüsterte sie.

»Wann?«

»Ab nächsten Monat, Semesterbeginn ... wenn es geht.«

»Spinnst du? Warum kommst du damit erst jetzt? Wie zum Teufel soll ich so schnell Ersatz bekommen?«

»An zwei Tagen würde Daniela tauschen. An den anderen beiden ...«, nuschelte sie.

»An den anderen beiden habe ich genug Servicekräfte.«

Ela schluckte. »Na ja, ich hab noch nicht alle gefragt ...«

»Was denkst du? Wie soll ich das machen und warum? Und wenn, die Abendschicht ist länger. Das bedeutet einen Haufen Arbeit für mich. Da lohnt es sich eher, mich nach einer neuen Kraft umzuschauen.«

Ela hielt den Atem an, genau das wollte sie nicht. Es war schlimm genug, dass sie immer noch bei ihren Eltern wohnte, wenigstens ihren Unterhalt wollte sie selbst verdienen. Nein, ihr eigenes Gehalt wollte sie sich auf keinen Fall nehmen lassen.

»Nein ... bitte ... ich brauch die Arbeit.«

»Dann würde ich aufpassen, dass ich dich auch brauche ... Herzchen.«

»Ich kümmere mich drum ... versprochen«, flehte sie.

»Du könntest dich auch anderweitig unentbehrlich zeigen.«

Natürlich war das Angebot zweideutig gemeint, dennoch wollte sie ihre Befürchtungen bestätigt wissen.

»Und wie?«, fragte sie verzagt.

»Ich denke, das weißt du«, erwiderte Fabio, und drehte sich auf dem Chefsessel zur Seite. »Komm her.«

Er schnippte mit den Fingern, um ihre Aufmerksamkeit zu erlangen, und zeigte mit Zeige- und Mittelfinger gespreizt nach unten.

Es war, als hätte er in Ela einen Schalter umgelegt. Gehorsam ging sie mit gespreizten Beinen in die Knie und senkte den Kopf. Sofort kribbelte ihr Unterleib vor Erwartung. Scheiße!

»Mach die Titten frei«, befahl er rau.

Sie versuchte das Zittern ihrer Hände zu unterdrücken, fing tapfer an, ihre Bluse aufzuknöpfen, und holte ihre Brüste aus dem BH. Die schneller werdende Atmung verriet ihre wachsende Erregung, was Fabio zufrieden grinsen ließ.

Auf ein erneutes Handzeichen hin faltete sie die Hände hinter ihren Kopf und ließ sich inspizieren. Fabio knetete grob ihre Brust und sie entließ ein leises Stöhnen.

Nach einem erneuten Schnipsen folgte das Zeichen zum Blasen. Sie öffnete seine Hose und begann dem Befehl zu gehorchen. Es war einfach geil, ihm zu dienen. Es kribbelte in ihrem Unterleib und sie wurde feucht. Für sie war es selbstverständlich, ihn so tief aufzunehmen, bis sie ein Würgen unterdrücken musste. Ihre Atmung wurde behindert, doch sie gab alles. Erleichtert atmete sie durch, als er sie endlich wieder wegschob.

Der Befehl: »Steh auf und bück dich«, ließ heiße Wellen durch ihren Körper laufen. Sie hatte einen gewöhnlichen Slip und eine gewöhnliche Strumpfhose an, das verhinderte den geforderten jederzeitigen freien Zugang. Würde sie beides runterziehen, könnte sie ihre

Beine nicht weit genug spreizen. Schweiß trat auf ihre Stirn, als sie den Rock hob und sich bückte. Wie würde er sie für ihren Ungehorsam bestrafen?

Doch als sie gehorchte, klatschte er ihr mehrmals grob auf den nackten Hintern. Tränen schossen ihr in die Augen. Was war das? Wieso war ihr Po plötzlich bloß? Warum fühlte sie sich auf einmal so schutzlos?

Grob rammte er sich in sie hinein und fickte sie hart. Sie genoss es, aber es ließ sie seltsam unbefriedigt. Er spritzte laut ächzend ab, ohne dass sie Erleichterung erfuhr, und glitt umgehend aus ihr hinaus. Alles in ihr schrie. Die Erregung war nicht zu ertragen. Dennoch drehte sie sich um, säuberte ihn demütig und richtete ihre Kleidung, um zu verschwinden.

»Kein Wort zu Mario, er mag es nicht, wenn sich seine Frauen von anderen Männern ficken lassen.«

Sie nickte. Bald würde sie sich sowieso nicht mehr von Mario ficken lassen – von niemandem mehr, wenn sie es nicht wollte.

»Trag dein Handy bei dir, damit ich dich jederzeit rufen kann. Klar!?«

Scheiße! Er wollte sie als Fickstück. Alles in ihr schrie NEIN!

Sie wollte das nicht mehr und dennoch wusste sie nicht, wie sie sich wehren sollte.

Sie bekam keine Luft und spürte, wie ihr das Blut in den Kopf stieg. Schweiß brach aus. Nach Atem ringend wachte sie auf.

Ein Albtraum – Gott sei Dank!

Ela schaute auf den Wecker. Eine Viertelstunde bis zum Aufstehen. Seufzend drehte sie sich auf den Rücken und legte eine Hand auf die Stirn. Ihr Herz wollte jedoch nicht aufhören zu klopfen, denn sie wusste, dass dieser Albtraum durchaus wahr werden konnte. Ihr Chef war der Inbegriff eines italienischen Machos und hatte sie schon länger im Visier. Ihm war allemal zuzutrauen, dass er eine Notlage ausnutzte. Doch das Schlimmste war, dass ihr Körper auf solche Arschlöcher reagierte und sie nichts dagegen tun konnte – so dachte sie bisher.

Es gab einen Grund, warum sie solche Träume immer wieder hatte. Sie zeigten ihre Verwirrtheit und ihre Ängste. Aber sie erinnerten sie auch jedes Mal daran, standhaft zu bleiben und endlich selbstbestimmt zu werden.

Sie hatte sich vorher umgesehen, zurzeit wurden keine Servicekräfte gesucht, bei denen die Konditionen der Stellen annehmbar waren. Und ihren Job aufgeben, um zu studieren, das konnte sie sich gar nicht vorstellen. Das hieße, sie würde dieses winzige Stück Unabhängigkeit aufgeben, das sie sich erst vor ein paar Jahren mühsam errungen hatte, damals, als sie wieder ins Leben zurückgekehrt war.

Dennoch, Träume waren Ausdruck des Unterbewusstseins. Vielleicht sollte sie doch besser kündigen und sich, für weniger Geld, nicht solchen Gefahren aussetzen?

Ela schwankte zwischen den beiden Möglichkeiten. Es half nichts, wenn sie wirklich in ihrem Job bleiben wollte, musste sie ihren Chef irgendwann fragen. Sollte er sie tatsächlich nötigen, konnte sie ja immer noch kündigen. Sie wollte sich nie mehr auf irgendeine Weise demütigen lassen – von niemandem.

Ihr Herzschlag hatte sich beruhigt, zufrieden atmete sie durch.

Zuversichtlich schloss sie die Augen und ihre Hand wanderte nach unten, um die aufgestaute Erregung aus dem Traum zu entlasten.

KAPITEL 4 – DIE EINWEIHUNGSPARTY

»Also, ich würde mich sehr freuen, wenn Sie heute Abend bei uns vorbeischauen würden«, sagte Luca zu ihrer Mutter, Simone.

Ela fiel fast die Kaffeetasse aus der Hand. Wie gestern spürte sie die Hitze in ihren Kopf steigen, obwohl sie ihm noch nicht einmal gegenüberstand.

Wie würde es ihr nur bei der nächsten Begegnung in der Pizzeria gehen? Resigniert schüttelte sie den Kopf, sie verstand sich selbst nicht mehr. War es bisher für sie schon schwierig gewesen, ihn als Kunden auf der Arbeit souverän zu bedienen, so schien es ihr jetzt geradezu unmöglich.

»Wir werden aber nicht lange bleiben können, denn wir sind noch verabredet. Ich werde meine Tochter fragen, die kann sicher länger bleiben«, hörte Ela Simone an der Haustür sagen.

»Du hast gehört, dass dieser neue Nachbar uns zu einer Einweihungsparty eingeladen hat?«, fragte ihre Mutter, als sie in die Küche kam.

Ela klammerte sich an die Kaffeetasse und versuchte möglichst beiläufig zu nicken. Als sie aus dem Fenster sah, um dem Blick ihrer Mutter auszuweichen, schaute sie in Lucas Gesicht, der sie beim Gehen freundlich grüßte. Ein heißer Schauer lief ihr über den Rücken.

»Wir sind ja heute Abend bei den Helmkes, aber du könntest doch hingehen. Zumindest, bis Lina ins Bett muss.«

»Du weißt doch, solche Partys sind nicht mein Ding«, startete Ela einen schwachen Abwehrversuch.

»Tatsächlich? Aber was machst du denn, wenn du wieder einmal auf Tour gehst? Da wird doch auch gefeiert.«

»Das ist etwas anderes.«

»Kind, sei doch nicht so stur. Diese neuen Nachbarn scheinen so nett zu sein. Ich empfinde es als unhöflich, wenn da heute keiner hingeht.«

»Wer ist hier stur, Mama? Die Einladung kommt ja wohl auch ein bisschen kurzfristig?«

»Die sind doch auch erst eingezogen«, verteidigte ihre Mutter die Nachbarn.

Elas Handy klingelte, es war eine Nachricht von Mario. Er bestellte sie zu sich, heute Abend. In ihrem Hals bildete sich ein Kloß, der sie zu ersticken drohte.

Nein!

Nein, sie war nicht bereit, heute schon den Schlussstrich zu ziehen. Und sie war schon gar nicht bereit, so zu tun, als ob nichts wäre. Nicht nach dieser Nacht und diesem Albtraum. Sie musste nur ein paar Tage wieder Kräfte und Motivation sammeln. Es war ja noch Zeit bis zum Beginn des Studiums.

Wieder schlug die Angst durch! Wie sie das hasste. Sie biss die Kiefer so sehr aufeinander, dass die Gelenke knackten. Sie wollte sich nicht mehr fremdbestimmen lassen. Aber dafür brauchte sie Ablenkung, zumindest für heute Abend. Die Party war da eindeutig das kleinere Übel.

»Okay ... ich machs ... ich geh hin. Zufrieden?«, murrte sie.

Elas Mutter nickte begeistert, fand sie doch, dass dieser neue Nachbar durchaus Schwiegersohn-Potenzial hatte.

Als Simone die Küche verlassen hatte, holte Ela ihr Handy hervor. Mit zitternden Fingern tippte sie:

Kann heute nicht, dringende Familiensache – sorry.

Ihre Finger zitterten definitiv zu oft in letzter Zeit. Sie hatte lange überlegt, was sie schreiben sollte. Im Prinzip war es egal, denn dem Befehl eines Doms zu widersprechen war sowieso ein absolutes No-Go, für das sie sicher bestraft würde. Doch sie würde sich nicht mehr bestrafen lassen – und verletzen schon gar nicht.

***

Zufrieden sah Luca auf die feiernde Menge. Die Stimmung war gut und sein Plan aufgegangen. Ela war der Einladung tatsächlich gefolgt, glücklicherweise sogar ohne ihre Eltern. Besser konnte es nicht laufen. Auch stand sie, wie erwartet, eingeschüchtert am Rande der feiernden Meute. Das machte es leichter, Kontakt zu knüpfen.

Ciro war ein wahrer Partylöwe, der genau wusste, wie man eine ausgelassene Feier veranstaltete. Sein

Bruder hatte stets genau die richtigen Leute für solch ein Event bei der Hand.

Die Musik war laut, die Gäste noch lauter und Ela stand da wie ein Mauerblümchen. Sie hielt sich an ihrem Weinglas fest und blickte unsicher auf die Menge. Traf die Partybeleuchtung auf sie, zuckte sie zusammen wie eine geblendete Katze in der Nacht. Lucas Beschützerinstinkt erwachte. Am liebsten hätte er sie an die Hand genommen und nach draußen in die Stille geführt. Doch diesen Impuls rang er sofort wieder nieder. Es gefiel ihm gar nicht, wie sie seine Gedanken durcheinander brachte. Gefühle waren das Letzte, was er jetzt gebrauchen konnte.

So zurückhaltend, wie sie dort stand, war sie leichte Beute für Ciro. Er war der Meister im Mauerblümchenpflücken. Sein Bruder verstand es, jede Knospe zum Erblühen zu bringen und dabei trotzdem seine Gefühle aus dem Spiel zu halten.

Luca hingegen war jetzt schon zerrissen von den Emotionen, die in ihm ständig hochkochten. Da war es besser Abstand zu bewahren, um das Ziel nicht aus den Augen zu verlieren.

Ela sah zu ihm hinüber und für einen Augenblick verweilten ihre Blicke. Unsicherheit durchzuckte ihn und er entschied sich, zu lächeln. Sie lächelte genauso verlegen zurück. Aufmunternd hob er sein Glas und prostete ihr zu.

Wo zur Hölle war Ciro?

Nervös schaute sich Luca um. Sein Bruder befand sich auf der Tanzfläche und schien sich einen Dreck um die

Umsetzung des Plans zu kümmern. Ausgelassen flirtete er mit gleich mehreren Partyludern. So würde das nie etwas werden!

Verärgert drängelte er sich zu ihm durch, dabei wurde er sofort von den Flittchen ins Visier genommen. Unwirsch schüttelte er sie wieder ab.

»Was machst du da?!«, ranzte er seinen Bruder an und versuchte, die Wut zu unterdrücken. »Halte dich an den Plan!«

»Sei doch nicht immer so verspannt, Fratello mio. Chill mal!«, erwiderte Ciro und grinste gönnerhaft.

»Fick dich! Es reicht, wenn einer entspannt ist und du bist definitiv zu entspannt. Sieh sie dir an, eine bessere Gelegenheit wird es nicht geben«, zischte Luca und zeigte unauffällig auf Manuela.

»Warte ab, ich weiß schon, was ich tue. Vertrau mir, sie ist noch nicht reif. Außerdem will ich meine süßen Kätzchen hier nicht verärgern«, antwortete Ciro ungerührt und spielte lächelnd mit den Haaren eines ›Kätzchens‹, während er weiter tanzte. Das Kätzchen lächelte ihn entrückt an.

»Es ist noch nicht mal das Essen da. Wenn dir das alles hier nicht schnell genug geht, dann machs doch selbst«, erklärte Ciro. Vielleicht wollte er damit seinen Bruder besänftigen, doch er erreichte das Gegenteil.

Sauer drehte sich Luca um. Er musste zum Durchatmen an die Luft. Er schnappte sich eine von den Rotweinflaschen und verließ das Haus. Auf dem Weg dorthin kam ihm der Pizzaservice entgegen, der die Party mit großen Blechen Pizza beliefern sollte. Der Appetit war ihm vergangen. Schlecht gelaunt wies er die Boten an, die Pizza ins Haus zu bringen.

Die kühle Abendluft beruhigte sofort sein Gemüt und er sog sie tief in seine Lungen. Sein Kopf wurde klar, aber die Musik dröhnte noch in seinen Ohren. Luca zündete sich eine Zigarette an und schlenderte zur alten Teakholzbank. Diesen Platz im Garten hatte er sofort nach dem Einzug zu lieben gelernt. Er setzte sich und verfolgte nachdenklich die Rauchwolke, die seinem Mund entwich.

Den spektakulären Sonnenuntergang registrierte er nur am Rande, war dafür aber gerade nicht empfänglich. Krampfhaft versuchte er, seine Wut zu zügeln, denn ihm war klar, dass jegliche Emotionalität seinen Plan scheitern lassen würde.

Schritte rissen ihn aus seinen Gedanken. Er sah auf und sein Magen drehte sich um. Ela verließ das Haus. Fuck! Dieser Stronzo von Bruder war auf dem besten Wege, zu versagen. Luca blieb nichts anderes übrig, als selbst einzuschreiten, um so einen Fehlschlag abzuwenden.

»Willst du schon gehen? Hast du denn gar keinen Hunger?«, rief er Ela zu.

Sie stutzte. »Ja, diese Partys sind nicht so meins.«

»Meins auch nicht«, antwortete er und zuckte mit den Schultern. »Setz dich doch ein bisschen zu mir, hier ist es herrlich ruhig.«

Ela zögerte.

»Du hast mir noch nicht einmal deinen Namen verraten. Das ist schräg, da wir uns ja schon so lange vom Sehen her kennen.« Kaum hatte er diesen Satz gesprochen, hätte er sich am liebsten die Zunge abgebissen. Er kannte natürlich ihren Namen vom Namensschild, das sie auf der Arbeit trug. Vermutlich bemerkte sie seine plumpe Anmache.

Ela stand immer noch unschlüssig da.

»Komm schon! Leiste mir ein bisschen Gesellschaft und hilf mir mit der Flasche Wein. Die kann ich unmöglich allein trinken.«

Trotz der Dämmerung konnte er Ela lächeln sehen.

»Okay, du hast gewonnen. Ich kann sowieso nicht lange, denn ich muss nachher noch meine Tochter zu Bett bringen«, antwortete sie, während sie auf ihn zusteuerte. Unbemerkt ließ Luca den angehaltenen Atem entweichen.

»Wer bist du überhaupt? Luca oder Ciro?«

»Woher kennst du unsere Namen?«

»Von der Türklingel, oder was denkst du?«

»Hier, nimm einen Schluck. Ich habe sie noch nicht angetrunken«, sagte er und streckte ihr die Flasche entgegen.

Sie setzte sich und hob mit einem »Danke« die Flasche an den Mund. Luca konnte ihren Kehlkopf wandern sehen, als ein großer Schluck ihre Kehle hinunterlief. Sie hatte jetzt immerhin schon eine gewisse Menge Alkohol getrunken, das machte die Sache sicher einfacher.

»Wie heißt du denn jetzt?«, fragte sie, als sie die Flasche wieder zurückgab.

»Luca.«

»Und dein Mitbewohner?«

»Ist mein Bruder Ciro. Jetzt bist du aber an der Reihe.«

»Manuela heiße ich. Aber ich hasse diesen Namen. Nenn mich Manu, wie meine Freundinnen, oder Ela oder ... was du willst.«

»Okay ... Ela finde ich schön. Hasst du auch deine schönen langen Haare? Warum hast du sie abgeschnitten?«

»Manchmal muss man im Leben einen Schnitt machen.«

»Ziemlich kryptische Antwort. Willst du darüber reden?« Luca musterte sie aufmerksam, sie schien etwas gelöster als vorhin. Das war sicher dem Wein zu verdanken.

»Ziemlich neugierige Antwort ... aber nein«, entgegnete Ela.

Luca nahm einen tiefen Zug von seiner Zigarette. »Sorry, ich wollte dir natürlich nicht zu nahe treten. Wie alt ist deine Tochter?«

»Zehn.«

»Und da soll sie jetzt schon ins Bett?«

»Na ja, noch nicht, aber gleich.«

»Morgen ist doch Samstag.«

»Was soll das hier werden? Bist du Erzieher?«

»Nein! Nein, ich bin kein Erzieher und ich wollte dir auch keine guten Ratschläge geben. Ich habe mit meinem Bruder zusammen einen Laden für Motorräder. Hauptsächlich Cross-Maschinen, Verkauf und Reparatur«, lachte er, um sein ungeschicktes Vorgehen zu überspielen.

Dennoch stand Ela auf.

Luca wurde flau im Magen und zupfte an ihrem Ärmel. »Entschuldige. Bitte, bleib noch ein bisschen. Es ist so ein schöner Abend«, bat er und zupfte erneut vorsichtig, damit sie sich wieder hinsetzte. Wo war nur sein Feingefühl geblieben? Vergraben unter seinen Rachegedanken, innerlich schüttelte er über sich den Kopf.

Verdammte Emotionen!

Könnte er sich doch nur von seinem Bruder eine Scheibe abschneiden.

»Wie heißt deine Tochter?«

»Lina.«

»Ich habe sie heute Nachmittag beim Fußballspielen im Garten gesehen, sie ist ein tolles Mädchen.«

»Ja, sie will Profifußballerin werden.«

»Schön, wenn man schon in dem Alter weiß, was man will«, sagte er und hielt Ela noch einmal die Weinflasche hin. »Ich wusste das damals noch nicht.«

Ela seufzte und nahm einen großen Schluck.

»Was ist mit dir? Was machst du so, außer in der Pizzeria zu kellnern?«

»Ich fange demnächst an zu studieren.«

Luca stieß einen Pfiff zwischen den Zähnen aus. »Wow!« Er konnte gerade noch sehen, wie sich ihre Augenbrauen zusammenzogen. »Was? Ich meine es ehrlich! Ich hab mein Abi vergeigt, damals.«

»Anscheinend ist ja doch noch etwas aus dir geworden.«

»Zum Glück ... auch wenn meine Mama das sicher nicht ganz so locker sieht«, sagte er und trat seine Zigarette aus.

»Ja, so sind Mütter.«

»Ja, da kann man nichts machen«, lachte Luca und Ela stimmte vorsichtig mit ein. Er brauchte jetzt ebenfalls einen Schluck aus der Pulle, setzte an und trank. Warm und samtig rann der Wein die Kehle hinab. »Sieh nur! Was für großartige Farben. So einen tollen Sonnenuntergang sieht man selten«, staunte er. Die Masche mit dem Sonnenuntergang hatte ihm einmal Ciro verraten, der eine deutlich größere romantische Ader hatte, als er selbst.

Unvermittelt schmiegte Ela ihr Gesicht an seine Schulter und krallte sich dabei ängstlich in sein Shirt. Etwas perplex legte er intuitiv den Arm um sie.

Den Grund für ihr Verhalten erfuhr er unmittelbar, denn die Pizzaboten verließen das Haus. Warum wollte sie von denen nicht gesehen werden? Der Lieferant war die Pizzeria, in der sie auch arbeitete.

»Warum dürfen sie dich nicht sehen? Schwänzt du gerade deinen Dienst?«, flüsterte er.

»Warum bist du so neugierig?«, raunte sie an seine Schulter. Ihre Stimme vibrierte in seinem Bauch. Diese Frau, so nah, das war ihm unheimlich.

»Weil ich dir helfen will«, versuchte er, die aufkeimenden Gefühle zu überspielen.

»Es ist besser, wenn die mich hier nicht sehen. Es wird immer viel zu viel geredet«, flüsterte sie.

Die Schritte wurden lauter und neugierig sahen die Lieferanten zu ihnen herüber. Er hob die Hand. »Schönen Abend noch«, grüßte Luca.

Die Männer verlangsamten ihre Schritte. Bevor er wusste, was mit ihm geschah, hatte Ela sein Gesicht zu sich herangezogen und küsste ihn. Es war lange her, dass er eine Frau geküsst hatte – und noch länger, dass eine Frau ihn geküsst hatte. Aber weit kamen seine Gedanken nicht, denn er ließ sich in den Kuss ziehen.

Sie hatte nur ihre Lippen auf seine gepresst, aber unweigerlich stupste seine Zunge dagegen und verlangte Einlass. Vorsichtig gewährte sie ihn. Er drang in ihren Mund und ihre Zunge antwortete hektisch, fast unbeholfen – irgendwie verkrampft. Er hatte hier keine routinierte Küsserin vor sich, so viel war klar.

Das war traurig und musste sich sofort ändern. Vorsichtig zog er sie enger an sich und kraulte ihr beruhigend durchs Haar. Seine andere Hand streichelte ihren Rücken, während er versuchte, dem Kuss etwas Tempo zu nehmen. Schnell nahm sie seine Impulse auf und schmiegte sich an ihn. Sie schmeckte einfach köstlich. Beide steigerten sich geradezu in den Kuss hinein. Im Spiel ihrer Zungen vergaßen sie die Zeit. Langsam spürte er die Wirkung in seinem Unterleib, das war gar nicht gut.

Was sollte er jetzt machen? Er hatte keine Lust, das Liebesspiel zu unterbrechen.

Doch plötzlich rückte Ela erschrocken von ihm ab. »Entschuldigung, ich wollte dir nicht zu nahe treten«, murmelte sie und wischte sich über den Mund.

»Ist schon okay, allzu schrecklich war es nicht«, flüsterte er.

»Ich muss jetzt«, stammelte sie und stürmte davon.

Luca war genauso verwirrt wie sie und sah ihr fassungslos hinterher.

KAPITEL 5 – NUR EIN SPIEL?

Verwirrt erreichte Ela ihr Zuhause. Ihr Atem ging schnell, ihr Herz klopfte bis zum Hals und ihre Beine zitterten. Das, was sie gerade erlebt hatte, hatte sie wieder einmal völlig aus der Bahn geworfen.

Ein Kuss.

Wann hatte sie das letzte Mal einen Mann geküsst? Mario küsste nicht, wie die meisten ihrer Liebhaber.

Liebhaber.

Dieses Wort war wirklich fehl am Platz. Sie schüttelte den Kopf. Wie fühlte sich das an? Eine zärtliche Beziehung. Eine Ahnung, was ihr bisher entgangen war, hatte sie gerade bekommen. Wann hatte sie das letzte Mal so etwas gefühlt? Als unerfahrener Teenager, ja. Bei Karl, auch. Aber das gerade eben Erlebte war damit nicht zu vergleichen.

»Mama?« Linas Stimme holte sie ein Stück weit aus ihrem Gefühlschaos.

»Ja, ich bins, mein Schatz.«

»Bist du schon wieder da?« Linas Stimme klang enttäuscht. »Kann ich noch fernsehen? Der Film ist gerade so spannend.«

»Was schaust du denn?«, fragte Ela und linste im Wohnzimmer um die Ecke.

»Mogli. Oma hat ihn mir erlaubt.«

»Na, wenn Oma ihn dir erlaubt hat, kann ich dir das ja wohl schlecht verbieten«, sagte Ela und setzte sich neben ihre Tochter. Der Film ging noch etwa eine halbe Stunde. Lange genug, um ihr aufgewühltes Gemüt etwas zu beruhigen. Versonnen kraulte sie Linas Haar, vom Film bekam sie nichts mit.

Als er zu Ende war, brachte sie Lina ins Bett und las ihr noch etwas vor.

Sie selbst war noch nicht müde genug. Also holte sie sich eine Weinflasche aus dem Keller, um sich noch weiter zu beruhigen. Dazu machte sie sich Musik, setzte sich aufs Sofa und starrte ins Leere. Warum musste sie dieser Vorfall heute noch weiter durcheinanderbringen? Das alles war ihr viel zu viel.

Dazu kam die Angst, dass die Pizzaboten sie erkannt hatten. Fabio, der Besitzer der Pizzeria, stand irgendwie mit Mario in Verbindung. Sie hatte nur noch nicht herausgefunden, wie und warum. Da war es ungünstig, wenn zu viele Informationen durchsickerten. Was, wenn Mario erfuhr, dass sie auf einer Party war, statt seinen Befehlen zu gehorchen. Er war in letzter Zeit immer unberechenbarer geworden. Und wie er auf ihren Schlussstrich reagieren würde, darüber wollte sie lieber ein andermal nachdenken.

Ihr fiel gar nicht auf, wie schnell sie trank, während sie überlegte. Die Flasche war fast leer, als sie die nötige Bettschwere verspürte und benebelt ins Bett fiel.

Am nächsten Morgen fiel ihr das Aufstehen entsprechend schwer. Sie hätte gestern besser an die Schicht in der Pizzeria gedacht. Mühsam schälte sie sich aus dem Bett, schleppte sich unter die Dusche und schlüpfte in die Kleidung. Die Lust aufs Frühstück wurde nicht nur durch den Kater gemindert, sondern auch durch das bevorstehende Gespräch mit Fabio. Ganz zu schweigen von der Angst, dass sie gestern möglicherweise erkannt und verraten worden war.

Sie hatte einen Stein im Magen, als sie ihren Arbeitsplatz betrat. Zunächst blieb alles ruhig und Ela wollte schon aufatmen, als ihr Chef doch noch das Restaurant betrat. In den letzten Wochen wirkte er öfter seltsam aufgedreht. Dann hatte er nicht nur bei ihr, sondern auch bei manchen ihrer Kolleginnen die Grenze überschritten, und sie angetatscht.

Sie schluckte schwer, als er sie am Arm packte und zu sich zog.

»Mir ist zu Ohren gekommen, dass du gestern auf einer Party warst. Meine Leute waren sich nicht sicher, ob du es warst, die da mit einem anderen Mann rumgemacht hat. Schließlich hattest du ja bis vor Kurzem lange Haare. Tja ... wie ich sehe, haben sie sich geirrt. Und was soll ich sagen? Mario hat sich beschwert, dass du nicht gekommen bist. Wenn ich jetzt Eins und Eins zusammenzähle ... was erhalte ich? Soll ich ihm verraten, wo du warst?«

Ela schüttelte verängstigt den Kopf. In ihrem Hirn raste es. Sie wagte nicht, zu atmen. Was, wenn er sie erpressen wollte? Es war genauso wie in ihrem Albtraum. Nein! Das konnte sie nicht zulassen, denn dann würde sie sich der Willkür ihres Chefs wehrlos ausliefern. Sie musste sich so schnell wie möglich von beiden befreien, ihrem Chef und Mario.

»Das nächste Mal bist du brav und gehst zu ihm, wenn Mario dich bestellt ... klar?«

Ela nickte. Leise atmete sie durch, als er sie losließ und sich auf den Weg in sein Büro machte. Dabei beobachtete sie, wie er ihrer Kollegin an den Hintern packte und ihr etwas ins Ohr flüsterte, woraufhin sie ihm ins Büro folgte.

Ela schloss die Augen, das hier wurde immer schlimmer. Dieses Mal blieb sie noch unbehelligt – wer weiß, wie lange. Eine neue Stelle war unvermeidbar, auch wenn der Lohn nicht so gut war wie hier.

Als sie die Schicht beendet hatte, ließ die Sonne ihr Leben wieder heller erscheinen. Sie summte sogar leise hinter dem Steuer ihres Autos, als sie die Auffahrt zu ihrem Elternhaus hochfuhr. Ein wenig auf der Terrasse sitzen, die Sonne genießen und Lina beim Spielen zusehen. Das klang nach einem wunderbaren Feierabend. Der einzige Wermutstropfen war die Möglichkeit einer Nachricht von Mario. Allerdings hatte er sie sonst nur selten samstags zu sich bestellt, deshalb wollte sie sich ihren Feierabend nicht verderben lassen. Irgendwie würde es schon weitergehen, es ging ja immer weiter.

Lina spielte Fußball im Garten. Wie immer war ihr Stiefopa Hannes der Torwart. Ihre Begeisterung machte ihm große Freude, hatte er doch früher selbst Fußball gespielt. Als Lina sie sah, rannte sie kurz zu ihrer Mutter, umarmte sie und sprang wieder zurück.

Ela ging ins Haus, um sich Wasser zu holen. Als sie wieder nach draußen kam, stand Luca auf der Terrasse. Ela schluckte und spürte, wie sie rot wurde. Er lächelte sie zurückhaltend an und rieb sich dabei verlegen über den Arm.

Lina hüpfte begeistert herum. »Mama! Luca will uns mit zum Fußball nehmen. Stell dir vor, er hat Karten für Fortuna besorgt«, rief sie begeistert.

Luca zuckte, immer noch lächelnd, mit den Schultern. »Ja, ich hab zufällig ein paar Karten geschenkt bekommen. Freunde können sie nicht nutzen. Hättest du Lust? Wir müssten schnell los, denn es fängt schon bald an.«

»Ich weiß nicht. Ich komme gerade von der Schicht«, wiegelte Ela ab.

»Bitte Mama«, quengelte Lina.

»Es ist toll im Stadion ... komm schon, Ela«, schob Luca nach.

Es war merkwürdig, sie kannte seinen Namen erst seit gestern, trotzdem hatte sie das Gefühl, er gehörte schon immer dazu. Ihre Aufregung verschwand. Auf Hannes schien Luca eine ähnliche Wirkung zu haben, denn er stand lächelnd daneben und nickte auffordernd.

»Meinetwegen, ihr gebt ja sonst doch keine Ruhe«, seufzte sie.

Begeistert wurde sie von Lina umarmt und Luca strahlte so sehr, dass eine Reihe schneeweißer Zähne sichtbar wurde. Mein Gott, war dieser Mann attraktiv, eine mörderische Ausstrahlung. Irgendwie war er anders als alle anderen Männer, die sie kannte. Wohin sollte das nur führen?

Es fühlte sich seltsam vertraut an, als sie am Stadion in der Schlange standen. Als sie den Eingang passiert hatten, ging Luca mit Lina eine Cola kaufen. Ela sah sich um, sie war das erste Mal im Fußballstadion. Bisher war Lina immer mit Hannes allein gegangen. Warum eigentlich? Hier im Familienblock war gute Laune angesagt und die Atmosphäre herrlich spannungsgeladen.

Sie grölten, schrien und lachten beim Spiel, aßen eine Bratwurst in der Pause. Nägel kauend zitterten sie mit der heimischen Fußballmannschaft beim Elfmeterschießen. Dieses Erlebnis schweißte zusammen, als wären sie eine Familie. Vor allem Lina genoss es sichtlich. So glücklich hatte Ela ihre Tochter selten gesehen. Sie saß zwischen ihr und Luca und versuchte ständig, die Arme um deren Hälse zu legen.

Ihre Köpfe kamen sich nahe, sie sahen sich an und Ela unterdrückte das Verlangen, Luca noch einmal zu küssen. Es war wie der Gedanke an eine verbotene Frucht, von der sie einmal genascht hatte und deren Geschmack sie nicht vergessen konnte.

»Was machen wir mit dem angefangenen Abend?«, fragte Luca, nachdem er sein Auto ausgestellt hatte. »Trinken wir noch etwas zusammen?«

»Ich weiß nicht, ich bin ziemlich erledigt ... von der Arbeit.« *Und vom vielen Wein gestern*, fügte sie in Gedanken hinzu.

»Wir müssen keinen Alkohol trinken ... nur ein bisschen plaudern und chillen«, erklärte er.

»Geh ruhig, Mama. Ich geh schon mal rein ... und nachher auch allein ins Bett«, schlug Lina vor.

Ela musste über den offensichtlichen Verkupplungsversuch ihrer Tochter lächeln, die eifrig aus dem Auto sprang und sich vom Acker machte.

»Es wird auch nicht spät werden, ich bin selbst noch ein wenig müde von der Party«, versprach Luca.

Ela nickte zögernd.

»Lass uns auf die Terrasse gehen«, regte er an, als sie aus dem Auto stiegen.

»Na gut«, stimmte sie zu und sie machten sich auf den Weg.

»Was kann ich dir zu trinken anbieten?«

»Irgendetwas Alkoholfreies ... egal. Vielleicht eine Limo«, erwiderte sie.

Er nickte und verschwand im Haus. Nach kurzer Zeit kam er mit zwei Gläsern zurück, in denen eine klare Flüssigkeit sprudelte und Eiswürfel klirrten. Ela trank gierig, das Glas war sofort wieder leer. »Warte, ich hol uns die Flasche«, sagte er und verschwand erneut im Haus. Ela atmete durch. Sie war sich sehr unsicher, wie sie sich verhalten sollte.

Viel zu schnell kam er mit der Limo zurück. »Vielleicht sollten wir es heute noch einmal mit dem Sonnenuntergang probieren. Er scheint heute noch einmal so schön zu werden und diesmal werden wir auch garantiert nicht gestört.«

Luca lächelte, sie lächelte zurück.

»Wo ist denn dein Bruder? Ich denke, der wohnt auch hier?« Am liebsten hätte sie sich vor den Kopf geschlagen, dass ihr nichts Besseres einfiel. Smalltalk, oder genauer gesagt flirten, war eben nicht ihr Ding. Nicht nur, dass ihr die Übung fehlte, auch das Alleinsein mit Luca machte sie nervös.

»Er ist noch nie Samstagsabends zu Hause gewesen, es sei denn, er ist krank.«

»Na dann.« Mehr wusste sie leider nicht zu sagen und auch Luca schien verlegen zu sein. Ihr verkrampftes Verhalten in Gegenwart eines Mannes kam ihr auf einmal armselig vor. In ihrer wilden Zeit hatte sie immer Alkohol gebraucht, um Kontakt herzustellen. Aber auch Karneval war ohne einen gewissen Pegel nicht zu ertragen.

Sie räusperte sich und sah zum Sonnenuntergang, den sie beide still betrachteten. Hatte sie nicht irgendwo mal gehört, dass man mit den richtigen Leuten auch angenehm schweigen kann? Das hier fühlte sich auf jeden Fall nicht falsch an.

»Tolle Farben«, bemerkte sie, als sich die wenigen Wolken am Himmel von Orange schichtweise ins Violette verfärbten. Die hohen Bäume davor bildeten eine eindrucksvolle Silhouette. Die letzten Vögel suchten krächzend ihr Nest und die Grillen zirpten.

»Ja, nicht wahr? Finde ich auch. Man nimmt sich viel zu wenig Zeit, so was zu genießen.« Luca zuckte, als wollte er Elas Hand ergreifen, aber er traute sich nicht.

Ela tat so, als hätte sie es nicht bemerkt und nickte. »Stimmt«, bestätigte sie.

Es wurde immer dunkler. Ein kühler Lufthauch streifte über sie hinweg und Ela bekam eine Gänsehaut. Sie rieb über ihre Arme, um sich zu wärmen.

»Soll ich dir eine Decke holen?«, fragte Luca.

»Nein danke, ich bin sowieso gleich wieder weg.«

»Ja ... schade.«

»Wie gesagt, ich bin ziemlich erledigt.«

Luca nickte und konnte seine Enttäuschung nicht verbergen.

Plötzlich tat er Ela leid. »Weißt du eigentlich, dass in deiner Hecke hinten im Garten Glühwürmchen leben?«, fragte sie.

»Nein, ich bin doch gerade erst hierhergezogen. So intensiv habe ich den Garten noch nicht erkundet.«

»Ja, als Kind war ich oft dort und hab sie beobachtet. Wir könnten mal nachsehen, ob sie da heute auch noch zu finden sind.«

»Okay, da bin ich mal gespannt. Ich habe noch nie in meinem Leben Glühwürmchen gesehen.«

»Nicht?«

»Nein, ich bin in der Stadt aufgewachsen.«

»Na dann komm, vielleicht haben wir Glück«, forderte sie ihn auf und stapfte voran.

»Hier sind aber ganz schön viele Mücken«, mäkelte er und wedelte mit der flachen Hand in die Luft herum.

»Das kommt durch die Büsche, das wird gleich wieder besser. Bestimmt, weil sie so stark duften ... vielleicht ein Mücken-Aphrodisiakum«, kicherte Ela.

Luca gackerte zustimmend.

Hinter den Büschen befand sich ein kleiner Teich, in dem sich das Mondlicht spiegelte.

»Das ist ja noch mal ein richtiger kleiner Garten«, staunte er. »Mir war gar nicht klar, dass das Grundstück so groß ist.«

»Früher hatten die Nachbarn hier immer zwei Stühle und einen kleinen Tisch, damit sie im Schatten sitzen konnten.«

»Ah, verstehe.«

»Kannst du die Rose hier sehen? Riech mal, sie duftet fantastisch.«

Luca bückte sich und schnupperte. »Ja, toll«, bestätigte er.

»So komm, hier ist jetzt die Hecke. Lass uns einen Moment warten, ob wir ein paar Glühwürmchen entdecken.«

Wieder wehte eine kleine Brise und ließ die Blätter überlaut rascheln. Ela fröstelte. Luca stellte sich hinter sie, schlang seine Arme um sie und gab ihr mit seinem Körper Wärme. Das kam ihr völlig natürlich vor und sie lehnte sich vertrauensvoll an ihn. Er legte sein Kinn auf ihren Kopf. Sie vernahm seinen regelmäßigen Atem, während sie warteten.

Sie warteten ziemlich lange, was wohl auch daran lag, dass beide diese Situation genossen.

»Wir scheinen heute doch kein Glück zu haben ... und ich muss jetzt wirklich nach Hause«, sagte sie irgendwann, obwohl es ihr leidtat, dass sie diese friedliche Stimmung zerstören musste. Im Grunde hätte sie es die ganze Nacht so aushalten können.

»Tut mir leid«, murmelte sie, als sie sich aus seinen Armen befreite und umdrehte.

»Mir auch«, flüsterte Luca und zog sie zu sich heran, um sie zu küssen. Ela wehrte sich nicht.

Dieser Kuss war noch inniger, als der von gestern, und Ela innerlich besser vorbereitet. Sie schlang die Arme um seinen Hals und ließ sich von der Zärtlichkeit treiben. Eine kleine Ewigkeit gelang es ihr, jeden Gedanken daran, was sie gerade machte, zu vertreiben.

So lange, bis Luca unter ihr Shirt fuhr und ihre nackte Haut streichelte. Ela hielt den Atem an, als seine Finger höher wanderten und unter ihren BH schlüpften. Auf einmal war ihr klar, wo das enden würde. Nichts wünschte sie sich in diesem Moment mehr, aber sie war nicht frei. Erst musste sie mit ihrer Vergangenheit abschließen, bevor sie etwas ganz Neues anfing.

»Sorry, aber es geht leider nicht«, entschuldigte sie sich und befreite sich aus seinen Armen.

Luca entließ frustriert die Luft und sah ihr nach, wie sie eilig den Schauplatz verließ.

KAPITEL 6 – ÜBERLEBENSSTRATEGIEN

»Na? Warst du gestern erfolgreich?«, fragte Ciro und nahm einen Schluck Kaffee.

»Was denkst du? Nein ... ich habe diese Dominanznummer bei ihr nicht drauf«, grummelte Luca. Er war schon fertig mit dem Frühstück und spielte mit den Eierschalen.

»Bist du dir sicher, dass sie darauf aus ist?«

»Wieso? Worauf?«

»Auf die Dominanznummer. Ich hatte auf der Party nicht das Gefühl, dass sie auf was aus ist. Sie wirkte nachdenklich und introvertiert ... ich weiß auch nicht ... Fühler hat sie jedenfalls nicht ausgestreckt.«

»Kann sein ... ich werde aus ihr auch nicht schlau«, murmelte Luca und bröselte kleine Schalenkrümel in den Eierbecher. »Wir haben uns endlich geküsst und dann war sie plötzlich weg. Wie gestern.«

Ciro grinste. »Anscheinend lässt sie doch nicht alles mit sich machen.«

»Hm. Sie rannte weg, als hätte sie vor irgendetwas Angst«, sinnierte Luca.

Ciro rieb sich am Kinn. »Schutzbedürftig! Das ist es. Die wirkt schutzbedürftig ... das ist doch die Masche, auf die DU abfährst«, grinste er.

»Ach, halt deine Klappe!«, fauchte Luca. Er konnte nur schwer verbergen, dass ihn diese Frau auf eine geheimnisvolle Weise berührte. Deshalb musste er die Sache unbedingt abgeben. »Ich wäre dir sehr dankbar, wenn du dich an unsere Abmachung halten und die Sache übernehmen würdest«, knurrte Luca.

»Wenn ich irgendetwas kann, dann beurteilen, ob ein Annäherungsversuch Sinn macht. Wie gesagt, sie steht nicht auf Empfang, da verpufft mein Charme«, entschuldigte sich Ciro und zuckte mit den Schultern. »Ich habe dir schon öfter gesagt, dass du die Vergangenheit ruhen lassen solltest. Du reibst dich an ihr auf. Genieße lieber das Leben, unser Bruder wird nicht wieder lebendig, wenn du dich kaputtmachst.«

»Ist das jetzt dein Ernst? Du willst diese Typen davonkommen lassen? Die Scheißbullen machen nichts und du willst dich damit auch einfach abfinden?!«, schimpfte Luca. »Nach dem Motto: Dumm gelaufen ... Kollateralschaden ... da kann man nichts machen ... genießen wir doch einfach unser Leben?!«

»Spricht was dagegen, das Leben zu genießen? Sei lieber dankbar dafür, dass du leben darfst!«

»Genau! Hoch die Tassen«, krächzte Luca und hob zynisch seine Kaffeetasse hoch.

»Hast du dir eigentlich schon mal überlegt, dass Valentino vielleicht auch selbst einen Teil der Schuld getroffen haben könnte?«, warf Ciro ein.

»Hast DU dir schon mal überlegt, dass er noch leben könnte? Du bist ein Idiot!« Verärgert stand Luca so heftig auf, dass der Stuhl umfiel. Er beachtete es nicht weiter. »Und eins noch: Hast du dir schon mal überlegt, dass dabei auch noch andere draufgehen könnten ...

und womöglich schon drauf gegangen sind?«, warf er Ciro zu, stapfte davon und knallte die Tür zu.

Luca stürmte nach draußen und atmete tief durch. Er musste erst mal Dampf ablassen. Zielstrebig steuerte er den Schuppen an, auf die Enduro zu. Auf die umständliche Schutzkleidung hatte er keine Lust, es war warm genug – der Helm würde reichen. Er hing am Lenker. Luca setzte ihn auf, hockte sich auf die Maschine, drehte den Zündschlüssel um und brauste davon.

Er genoss den Wind, der ihm durch das offene Visier um die Nase wehte, und wählte einen Feldweg zum Motocross-Gelände. Dort war es überlaufen, wie üblich am Sonntag bei schönem Wetter, aber ein paar Runden drehte er trotzdem. Es gab nichts, was den Kopf besser freimachte.

»Sorry Luca«, begrüßte ihn Ciro, als er – wieder zu Hause – ins Wohnzimmer trat. »Ich wollte dich nicht verärgern. Natürlich hast du damit recht, dass dieser Typ auch eine Gefahr für andere darstellt und ausgeschaltet gehört. Aber vergiss nicht, es ist wie bei der Hydra. Schlägst du einen Kopf ab, wachsen zwei neue nach. «

»Schon möglich, aber ich bleibe trotzdem dabei, der Typ gehört eliminiert. Du weißt, was du dazu beitragen kannst«, grummelte Luca.

»Aber ist dir dafür wirklich jedes Mittel recht? Ich weiß nicht. Irgendwie habe ich bei dieser Frau Skrupel. Frag mich nicht, warum.«

»Sie heult mit den Wölfen Ciro, sie hat es nicht besser verdient.«

»Mag sein, aber du hast größere Chancen bei ihr, da bin ich mir sicher.«

»Wer ist hier der Womanizer?«

»Ich bring nicht alles zum Abschuss ... glaub das nicht.«

»Aber immer, wenn du es wirklich willst.«

»Nein, nur wenn ich weiß, dass meine Strategie zündet.«

»Richtig, du brauchst nur die richtige Taktik.«

»Glaube mir, du hast da die besseren Aussichten. Wenn du meinen Rat willst, dann machst du es am besten über ihr Kind. Wenn du dich mit dem Kind gut stellst, hast du auch bei der Mutter so gut wie gewonnen.«

***

»Wir wollten dich mal überraschen und von der Arbeit abholen«, strahlte Lea die überraschte Ela an.

»Ja, es ist so schönes Wetter. Lass uns Eis essen gehen«, ergänzte Karina.

»Wir haben zuerst bei dir zu Hause angerufen. Deine Mutter hat uns gesagt, wann du Feierabend hast. Sie weiß Bescheid und wünscht uns viel Spaß«, ergänzte Frauke.

»Na, dann ist das ja wohl schon beschlossenen Sache«, sagte Ela. Sie hatte nichts gegen ein wenig Ablenkung. Ihr Chef war heute nicht auf der Arbeit gewesen, was den Tag gleich besser machte. Dennoch hatte sie das Gefühl, in einem Schwebezustand festzuhängen. Aus ihrer alten Welt konnte sie sich nicht verabschieden und deshalb in der neuen nicht richtig Fuß fassen.

Die Eisdiele war überfüllt, doch sie hatten Glück und ergatterten einen Vierertisch, weil gerade eine Familie aufstand.

»Warum hast du deine Haare abgeschnitten?«, war die erste Frage von Karina, nachdem sie das Eis bestellt hatten.

»Warum hast du deine Haare abgeschnitten?«, äffte Ela. »Weil es praktischer ist, wenn ich demnächst studiere. Es ist auch Zeichen meines neuen Lebensabschnittes.«

»Ich muss den Hut ziehen, dass du das jetzt doch noch in Angriff nimmst«, meinte Frauke.

»Willst du weiterarbeiten?«, erkundigte sich Lea.

»Eigentlich schon, aber nicht bei dem Chef. Er wird immer nerviger. Das Problem ist nur, ich brauche ein bisschen Geld für mich und Lina, wir liegen meinen Eltern schon genug auf der Tasche.«

»Und dann willst du in der Pizzeria aufhören? Ich dachte, die zahlt so gut?«, überlegte Karina laut.

»Ja, aber dafür sollte man sich nicht alles gefallen lassen.«

»Nein das sollte man nicht«, stellte Frauke fest. »Was ist denn vorgefallen?«

»Ach, ist doch egal«, antwortete Ela und betete, dass keine weiteren Fragen gestellt wurden. Sie hatte keine Lust, sich eine Erklärung auszudenken, warum sie erpressbar und damit ein willkommenes Opfer für ihren Chef war. Dummerweise waren ihre Freundinnen aber neugierig.

»Warum so geheimnisvoll? Du kannst uns doch alles erzählen«, bohrte Lea nach.

»Will sie aber nicht ... merkt ihr das nicht?«, verteidigte Frauke Ela.

»Manchmal könnte man denken, du verbirgst etwas vor uns«, setzte Karina nach.

Bingo! Sie hatte den Freundinnen zwar mal etwas von einer *wilden Zeit* erzählt, aber für die ganze Wahrheit fehlte ihr der Mut. Zu groß war die Angst vor Vorurteilen und offener Verachtung. Was, wenn sich ihre Freundinnen von ihr abwendeten? Ihre sexuellen Vorlieben waren gesellschaftlich nicht anerkannt. Ganz abgesehen davon war die ›Beziehung‹ zu Mario nie eine Vorzeigebeziehung gewesen. So prickelnd ein dominanter Mann im Bett auch war, bis ins Privatleben durfte sich das nicht ziehen. Demütigungen außerhalb des Schlafzimmers waren alles andere als sexy.

»Es ist nichts weiter ... Fabio ist nur kein guter Chef, das ist alles«, versuchte Ela abzuwiegeln. »Du duzt ihn?«, fragte Karina verwundert.

Dass sie aber auch immer alles mitkriegen musste! »Ja, wir duzen uns dort alle ... was aber nicht unbedingt gut ist. Zufrieden?«

»Ist ja schon gut. Wir hören ja schon auf«, beschwichtigte Lea.

»Ihr könnt mir einen Gefallen tun und euch umhören. Wenn irgendwo etwas frei ist ...«

»Klar, machen wir«, versprach Frauke.

»Aber natürlich mehr so Aushilfsjobs ... abends ... wegen des Studiums«, ergänzte Ela.

»Versteht sich von selbst«, meinte Lea.

»Es wird nicht leicht werden, was zu finden«, wandte Karina ein.

»Was soll das denn jetzt?«, fragte Frauke und warf ihr einen giftigen Blick zu.

»Ich bin nur realistisch«, verteidigte sich Karina.

»Möglicherweise. Aber Hürden sind dazu da, genommen zu werden«, entgegnete Frauke.

»Es wird schon klappen ... es muss«, sagte Ela.

»Genau. Und irgendwann findest du auch einen passenden Mann«, beruhigte Lea sie. »Hat bei mir auch gedauert«, ergänzte sie augenzwinkernd.

Ela seufzte. »Können wir uns jetzt mal über etwas anderes unterhalten?«

»Okay. Wer von euch hat schon die Verfilmung von *666 Shades of Black* gesehen?«, versuchte Karina, auf Elas Wünsche einzugehen.

»Ich hab den ersten Band gelesen, das reicht mir«, erklärte Frauke. »So ein Blödsinn von einem emotional gestörten Edel-Dom im weißen Businesshemd ... also ich weiß nicht, auf mich wirkt das wie dummes Zeug.«

»Wieso ist das dummes Zeug?«, fragte Lea. »Das finde ich nämlich gar nicht.«

»Weil man ein Kindheitstrauma nicht wegvögeln kann«, antwortete Frauke. »Ich kenn mich da aus.«

»Das mit dir ist doch etwas ganz anderes, das kann man doch gar nicht vergleichen. Liebe heilt alles, da kenn ich mich aus«, maulte Lea.

»Ach, du bist nur eine hoffnungslose Kitschnudel«, gab Frauke mit einer abfälligen Handbewegung zurück. »Deinen Fall kann man nicht vergleichen.«

»Streitet euch doch nicht gleich!«, lenkte Karina ein. »Also ich hab im Internet gelesen, dass über die Hälfte der Frauen devote Fantasien in Bezug auf das Sexleben hat. Die genauen Zahlen sind da sehr unterschiedlich, aber es sind mindestens fünfzig Prozent. Das heißt also, dass das theoretisch mindestens zwei von uns hier am Tisch betrifft.«

»Was du alles so recherchierst, da muss ich mich doch sehr wundern«, warf Lea ein.

»Wieso, weil ich darüber rede? Du machst es bestimmt heimlich.«

»Hey! Das ist eine Unterstellung!«, fauchte Lea und sah sich gehetzt um. Ein grinsender Kellner entfernte sich vom Nebentisch. »Pssst, geht das auch ein bisschen leiser?«, zischte sie mit zusammengekniffenen Augen.

»Du bist doch selbst so laut. Du brauchst dich doch nicht dafür zu schämen.«

Ela grinste still in sich hinein.

»Was ist, Manu? Warum grinst du so süffisant?«, fragte Karina.

Ups! So innerlich war ihr das Grinsen wohl nicht geraten. »Ach nichts, ich denke nur, dass das Thema nicht wirklich gesellschaftsfähig ist ... wie man sieht.«

»Da siehst dus! Du immer mit deiner Psycho-Nummer, musst jedem auf den Zahn fühlen«, maulte Lea Karina an.

»Aber es ist doch nichts Schlimmes dabei, wenn man darüber spricht«, verteidigte sich Karina.

»Auf jeden Fall ist es keinen Streit wert«, versuchte Frauke zu schlichten. »Das ist doch nur ein Roman, nicht die Wirklichkeit. Am Erfolg ist sicher die Liebesgeschichte nicht unbeteiligt. Jeder sucht doch nach der großen Liebe. Also bedient dieses Buch nur einen Traum.«

»Stimmt irgendwie, ich war auch enttäuscht vom Film. Die ganzen Gefühle, die im Roman beschrieben sind, haben die Schauspieler nicht wirklich rübergebracht«, sagte Karina.

»Klar, an das Kopfkino kommt ein Film nicht dran ... und die Wirklichkeit auch nicht. Nur weil viele Frauen solche Fantasien haben, heißt das noch lange nicht, dass sie das auch ausleben wollen ... nur mal so bemerkt«, erwähnte Frauke.

»Du kennst dich da anscheinend aus«, sagte Lea und grinste. »Also, wenn Thorsten früher einen auf Macker gemacht hat, dann habe ich ihm immer gesagt: *Du weißt ja, wo du rumbossen darfst.* Hat er aber nie hingekriegt, der Saftsack.«

»Aha.« Karina räusperte sich und grinste.

»Was?!«, grummelte Lea.

»Pssst!«, machte Karina provozierend.

»Sehr witzig. Was hast du denn sonst noch für Lebensweisheiten im Internet gefunden?«, stichelte Lea zurück. »Du scheinst dich ja sehr mit dem Thema beschäftigt zu haben.«

»Na ja, ich hab eben viel Langeweile, wenn mein Göttergatte wieder einmal auf Dienstreise ist. Ich hab noch etliche Seiten über das Thema gefunden. Das ist ein weites Feld. Das fängt schon damit an, wie man BDSM überhaupt definiert ... wo fängt es an, wo hört es auf.«

»Und ich hab ein Interview mit einer ehemaligen Sub gefunden«, warf Frauke ein.

»Duuu?!«, kam es im Chor.

»Du recherchierst auch?«, fragte Karina.

»Ja, klar. Nachdem Stephan ausgezogen war, hatte ich viel Langeweile.«

»Und was sagt diese Sub?«, fragte Lea.

»Dass da viele kranke Leute in der Szene unterwegs sind. Leute, mit psychischen Problemen, die die Regeln nicht einhalten, und dass man da sehr vorsichtig sein muss. Darum ist die ausgestiegen.«

»Genau, es ist nur eine sexuelle Spielart ... eine Vorliebe«, ergänzte Karina.

»Ich kann mir nicht vorstellen, dass sich ein dominanter Mann im Privatleben plötzlich in ein zahmes Kätzchen verwandelt, der seine Partnerin auf Augenhöhe sieht.«

»Kater«, meinte Lea.

»Was?«

»Na ja, nicht Kätzchen, sondern Kater ... mach mir den Tiger ... grrrr.«

»Krass ist ja schon, dass es so viele devote Frauen gibt, und anscheinend nicht genug dominante Männer«, erklärte Karina.

»Vielleicht, weil Frauen die besten Gene für ihren Nachwuchs haben wollen. Und dafür sind Alpha-Männchen einfach besser geeignet, die können die Bären vertreiben«, erläuterte Lea und grinste. »Ein devoter, gefesselter Mann ist ja ein Vollversager.«

»Mein Hase sagt immer: Er schnarcht, um die Bären zu vertreiben«, lachte Karina.

»Männer ... ihre Welt ist beneidenswert einfach«, lachte Frauke.

»Der Kosename sagt ja schon alles«, lästerte Lea grinsend. »Ein Hase, der Bären vertreibt.«

»Vorsicht! Überlege, was du sagst«, drohte Karina scherzhaft. »Was ist mit dir, Manu? Du bist so still. Hast du gar keine Meinung dazu?«

»Ich meine, dass ihr langsam euer Eis essen solltet. Es ist ja schon fast geschmolzen.«

»Ja sag mal ... da machen wir uns große Sorgen, ob du überhaupt noch einen Mann abbekommst, und dann wartet so ein Hottie auf dich!«, rief Lea erstaunt, als sie auf Elas Auffahrt fuhr und Luca mit Lina Fußball spielen sah. »Warum hast du uns nichts von ihm erzählt? Wer ist das?«

»Das ist unser neuer Nachbar.«

»Wow! Ist der Single?«

»Ich denke schon, er wohnt zusammen mit seinem Bruder.«

»Und wie sieht der Bruder aus? Auch so heiß?«

»Wie ein Weiberheld nun mal so aussieht.«

»Macht nichts, du kannst ja eh keine zwei Männer haben. Also ... wenn ich Single wäre, müsstest du ihn mir jetzt dringend vorstellen. An dem musst du aber jetzt dranbleiben, sonst bist du schön blöd.«

»Danke für die guten Tipps«, seufzte Ela. »Und danke fürs Nachhausebringen«, ergänzte sie, bevor sie die Wagentür zuschlug.

»Bis Donnerstag, zum SatV-Treffen«, verabschiedete sich Lea, die dafür noch einmal die Scheibe herunterließ.

»Ja, bis Donnerstag«, antwortete Ela und winkte Lea nach, als sie davonfuhr.

»Komm, setz dich zu uns«, bat Simone. Sie saß mit ihrem Mann Hannes auf der Terrasse. Auf dem Tisch standen ein paar Snacks, vier benutzte Gläser, Limo und eine Flasche Wein. Luca hatte also schon bei ihnen gesessen. Als neuer Nachbar legte er sich ja mächtig ins Zeug.

»Du brauchst noch ein Glas, hol dir eins, mein Schatz.«

Ela folgte und setzte sich. Während sie ihre Tochter mit Luca beobachtete, schob sie sich ein paar Käsewürfel in den Mund. Lina ließ sich nicht von der Ankunft ihrer Mutter beirren. Geschickt schoss sie den Fußball ins Tor und Luca tat fast glaubwürdig so, als könne er nichts halten. Zwischendurch grüßte er freundlich zu ihr herüber, sie nickte zurück.

Die beiden Fußballspieler hatten offensichtlich einen Riesenspaß.

»Dann bist du auch mal ein bisschen entlastet, Papa, ja?« Lächelnd sah Ela zu ihren Eltern hinüber, ihr Stiefvater zwinkerte ihr zu.

»Was für ein netter Nachbar, nicht wahr?«, bemerkte ihre Mutter.

Ela nickte nachsichtig, Simone war mal wieder leicht zu durchschauen. Ein bisschen verstehen konnte sie sie ja, hatte sie doch noch nie einen Mann mit nach Hause gebracht. Welche Mutter wünschte sich nicht für ihre Tochter einen Partner, mit dem sie glücklich war?

Den beiden Sportlern war mittlerweile offensichtlich warm geworden. Luca zog sein T-Shirt aus und hängte es über den Torrahmen. Das Muskelspiel des nackten Oberkörpers ließ Elas Herz höher schlagen. Sie bewunderte das Tattoo auf dem rechten Schulterblatt, eine Motocross-Maschine.

Fuck, war dieser Mann heiß!

Linas Haare hingen mittlerweile strähnig um ihren roten Kopf.

»Wollt ihr nicht mal eine Pause einlegen?«, schlug Ela vor.

»Ja, komm Lina! Einmal durchschnaufen«, ermunterte auch Luca die Kleine und legte seine Hand auf ihre schmale Schulter.

Lina wischte sich mit ihrem Shirt den Schweiß von der Stirn. »Okay«, murmelte sie und stürmte los.

Als sie beide auf den Tisch zukamen, blieb Ela einen Moment der Mund offen. Über der Jeans, die Luca lässig tief auf den Hüften hing, trug er ein tadelloses Sixpack zur Schau. Was zur Hölle machte dieser Mann? Nicht nur Motorräder verkaufen, sondern sie wahrscheinlich auch stemmen.

»Ich hoffe, es stört nicht, wenn ich mich ohne Shirt hinsetze«, fragte er höflich.

Ela schluckte.

Ihre Mutter nickte angetan. »Aber nein, mein Lieber! Wir sind doch unter uns«, säuselte sie.

Luca setzte sich auf den Platz neben Ela und schnappte sich die Wasserflasche. Wie hypnotisiert starrte sie auf den Arm mit den tanzenden Muskeln unter der gebräunten Haut. Zu allem Überfluss wehte auch noch ein Hauch seines Duftes zu ihr herüber. Unauffällig schnupperte sie und kam sich vor wie eine läufige Hündin. Luca brachte sie langsam aber sicher um den Verstand.

Deshalb war sie auch nicht in der Lage, sein unwiderstehliches Lächeln zurückzugeben. Die altbekannte Unsicherheit kochte hoch und sie wusste nicht, wohin mit dem Blick. Am liebsten wäre sie im Boden versunken. Sie wich seinem Blick aus und sah in den Garten.

Luca räusperte sich und gewann so wieder ihre Aufmerksamkeit.

»Mama, können wir mit Luca morgen in den Freizeitpark?«, bat Lina und lenkte damit von dieser peinlichen Szene ab.

»Nein, natürlich nicht. Luca muss bestimmt arbeiten«, antwortete Ela schnell.

Lina seufzte herzzerreißend.

»Ich habe morgen frei und Lina hat Ferien«, entschuldigte sich Ela, zuckte mit den Schultern und sah Luca an. »Deshalb hatte ich ihr das versprochen.«

Sein Gesicht leuchtete auf, als Lina mit einem »Och, bitte« weiterschmollte.

»Du kannst unseren Nachbarn doch nicht so in Beschlag nehmen. Entschuldigung Luca«, blieb sie hart.

»Nein, morgen ist Montag, da ist es immer ruhig im Laden. Das kann Ciro auch allein schaffen.«

Ela konnte ihre Überraschung nicht verbergen, da war Lina schon aufgesprungen.

»Soll das heißen, du kommst?«, jubelte sie.

»Wenn deine Mutter nichts dagegen hat«, betätigte Luca nickend.

»Juhu!«, jubelte Lina und fiel dem lachenden Luca um den Hals.

»Na, dann habe ich wohl keine Wahl!«, bemerkte Ela.

Mit einem »Danke Mama!«, fiel Lina ihrer Mutter um den Hals und schenkte ihr stürmische Küsschen.

Kapitel 7 – Freizeitpark

Als es dämmrig und kühl wurde, beendete Luca das Fußballspiel mit Lina.

»Ooochh«, murrte sie.

»Komm schon, bald könnt ihr sowieso nicht mehr richtig sehen«, tröstete Simone.

»Lina, meine süße Maus, wenn du nicht ein bisschen runterkühlst, kannst du nachher nicht schlafen«, erklärte Ela.

»Ja, morgen musst du doch fit sein«, bestätigte Luca.

»Sorry, dass sie dich so in Beschlag nimmt«, entschuldigte sich Ela bei ihm.

»Das mach ich doch gerne ... wirklich ... es macht mir Spaß«, versicherte er.

Linas Blick hellte sich auf, als sie sich an Lucas Zusage erinnerte. »Okay. Vielleicht können wir ja morgen nach dem Park noch ein bisschen kicken.«

Luca lächelte verständnisvoll. »Wir werden sehen. Als ich so alt war wie du, konnte ich auch nicht genug vom Fußball bekommen.«

»Trinkt noch ein bisschen. Bitte Luca, setz dich doch zu uns«, bat Simone.

»Nein danke, ich muss heute noch etwas erledigen, wenn ich morgen nicht in den Laden gehe.«

»Ich möchte wirklich nicht, dass du wegen Lina Stress bekommst«, sagte Ela.

»Nein, nein, das ist für mich kein Stress! Versprochen. Also ... tschüss dann bis morgen«, verabschiedete er sich.

»Tschüss Luca!«, erklang es im Chor.

»Unser neuer Nachbar ist ja so ein netter Mensch«, sagte Simone beiläufig, als sie in der Küche mit ihrer Tochter allein war und das Geschirr in die Spülmaschine einräumte.

»Hmhm«, brummte Ela. Sie hatte keine Lust auf ein Murmeltiergespräch mit ihrer Mutter. Immer wieder versuchte diese, sie zu einer Beziehung zu bewegen. Manchmal hatte sie sogar den Eindruck, dass ihre Mutter, trotz aller Verschleierungsversuche, etwas von ihrem Doppelleben ahnte. Vielleicht nicht in Gänze, aber doch soweit, um zu ahnen, dass ihre Bekanntschaften nicht für eine richtige Partnerschaft taugten. Vielleicht auch, dass es derer viele gab.

»So freundlich und bodenständig ... und er versteht sich so gut mit Lina.«

»Ja, ist er«, bestätigte Ela, während sie das Tablett abwischte.

»Die Italiener haben so einen tollen Familiensinn ... und lieben Bambinis«, schwärmte ihre Mutter, während sie die Spülmaschine einräumte.

»Mama ... vergiss es«, antwortete Ela mürrisch.

»Wieso? Ich finde, dir könnte jetzt langsam mal klar werden, dass Lina einen Vater braucht.«

»Sie hat doch einen tollen Opa?«, maulte Ela. Wie hasste sie diese ewige Drängelei ihrer Mutter.

»Stiefopa ... ja, der dir ein toller Vater war. Er müsste dir gezeigt haben, wie Familie geht.«

»Mama! Hör doch endlich mal auf! So was kann man doch nicht erzwingen. Ich kann mir doch keinen Vater für Lina backen!«

»Nein, das nicht ... aber zuschlagen, wenn du mit der Nase drauf gestoßen wirst.«

»Für dich ist immer alles so einfach«, schimpfte Ela und warf den Spüllappen ins Becken.

»Aber nur, wenn es auch so einfach ist«, ließ ihre Mutter nicht locker. »Es ist doch offensichtlich, dass er auch etwas von dir will. Kind! Mach doch mal die Augen auf!«

»Es ist nicht so einfach, klar? Es ist kompliziert ... sehr kompliziert.«

»Kind, langsam könntest du mal Wurzeln schlagen. Ich wünsche mir schon so lange, dass du dich mal so richtig verliebst ... in den Richtigen.«

»Super Idee Mama ... hast du ja auch noch nie erwähnt! Ist doch eine Kleinigkeit«, zischte Ela. Die Begegnung mit Luca hatte sie deutlich spüren lassen, dass es da noch etwas ganz anderes gab, als die Beziehungen, die sie bisher kannte. Etwas Neues, das sie bisher noch nie gefühlt hatte. Aber Luca hatte ihre Welt gründlich auf den Kopf gestellt. Es würde dauern, bis sie ihre Gedanken und Gefühle sortiert, und mit den alten Sachen abgeschlossen hatte. Nie wieder würde sie den Fehler machen und sich kopflos in etwas hineinstürzen. Schon gar nicht, wenn Lina dabei Schaden nehmen konnte.

»Ich nehme ihn doch schon mit in den Freizeitpark. Aber so was braucht doch Zeit! Ich will auch keine Enttäuschung für Lina«, erklärte sie versöhnlich.

»Und es braucht Signale von dir. Lina kannst du nur enttäuschen, wenn es mit euch nichts wird.«

»Ich bin eben vorsichtig!«

»Oder zu ängstlich. Es ist nicht zu übersehen, dass du auf ihn reagierst. Allerdings hast du dich noch nie emotional auf jemanden eingelassen.«

»Mama! Jetzt gehst du aber zu weit!« Elas Augen zogen sich zu Schlitzen. »Und überhaupt, vielleicht brauche ich gerade deshalb Zeit.«

»Nimm dir nicht zu viel davon.«

»Würdest du das bitte meine Sorge sein lassen?«

»Ist ja schon gut. Ich habe gesagt, was ich sagen wollte.«

***

Luca kam mit Kopfschmerzen zu Hause an. Seine Mission bereitete ihm mittlerweile schlechtes Gewissen, schloss er doch Lina zunehmend ins Herz. Aber auch Ela berührte etwas in ihm. Es wurde immer schwerer, das Ziel nicht aus den Augen zu verlieren. Wenn Ela klar werden würde, warum er um sie warb, war es mit ihrer Zuneigung vorbei. Sie würde sich benutzt fühlen – zu Recht. Dennoch führte kein Weg daran vorbei, für Valentino musste er dieses Opfer bringen.

»Du musst morgen allein in den Laden«, murrte er zu Ciro.

»Spinnst du? Du weißt, dass gerade montags immer alle in den Laden stürmen, weil sie sonntags unterwegs waren.«

»Es geht nicht anders. Es ist wichtig, klar?«

»Was ist denn so wichtig?«

»Ich muss mit Lina und Ela in den Freizeitpark.«

»Pfft! Freizeitpark ... Ela, ja? Das klingt ja schon ganz schön vertraut. Pass auf dein Herz auf, wenn dus nicht vergeigen willst.«

»Keine Sorge, wie du ja weißt, kann ich das trennen. Einer muss für Valentino kämpfen. Du bringst es ja nicht.«

»Die Diskussion hatten wir schon«, fluchte Ciro mit einer abfälligen Handbewegung.

»Komm! Lass uns noch einmal in die Achterbahn«, rief Lina begeistert.

»Oh nein! Ohne mich, meine Magennerven müssen sich erst mal beruhigen«, antwortete Ela und schüttelte den Kopf.

»Ich brauch auch erst mal 'ne Pause«, bekannte Luca.

»Oh nöö, was seid ihr denn für Weicheier!«, schmollte Lina.

»Komm, da vorne ist eine Streichelwiese. Da können Luca und ich ein bisschen auf der Bank chillen und du kannst die Tiere streicheln. Willst du noch was trinken?«, fragte Ela und hielt ihr die Wasserflasche hin.

Lina nickte und nahm einen Schluck. Dann wischte sie sich den Mund ab und fasste Luca und ihre Mutter an der Hand. Energisch zog sie beide Richtung Streichelzoo, die ließen sich lachend ziehen.

»Macht ihr Eins-zwei-drei-Hui?«, forderte sie nach einigen Schritten.

»Dafür bist du doch eigentlich zu groß ... und zu schwer«, beklagte sich Ela.

»Oma und Opa machen das auch noch.«

»Sicher?« Ela sah ihre Tochter skeptisch an. »Das ist bestimmt schon länger her.«

»Na ja ... aber Luca ist doch soooo stark.«

Luca lachte. »Na du weißt aber, wie man Männer rumkriegt.«

»Hä?«, fragte Lina und zog die Nase kraus.

»Ela? Ein paarmal?«, fragte er und zwinkerte.

»Na gut«, seufzte sie.

Ela und Luca packten die jauchzende Lina unter den Armen und hievten sie bei »Hui« in die Luft.

»So Mäuschen, jetzt ist aber gut. Wir brauchen eine Pause.« Außer Atem setzten sich Luca und sie auf eine Bank.

»Mann, seid ihr lahm! Ich geh auf die Streichelwiese dahinten, ja?«

»Bleib aber in Sichtweite!«, rief Ela ihrer Tochter zu, die schon auf ein Kaninchen zustürmte, das das Weite suchte.

»Du musst langsamer auf die Tiere zugehen, sonst bekommen sie Angst«, erklärte Luca.

Lächelnd beobachteten sie Lina, die weiter versuchte, ein Tier für sich zu gewinnen, das sie streicheln konnte.

»Da vorne ist ein Futterautomat. Komm, ich gebe dir Geld, dann kannst du die Tiere füttern«, schlug Luca schließlich vor.

»Nein, kommt nicht infrage ... du bekommst das Geld von mir.«

»Ihr könnt mir ja beide was geben«, antwortete Lina keck und hielt beide Handflächen auf.

Die Erwachsenen folgten lachend ihrem Vorschlag, versprach das immerhin eine längere Pause. Eine Weile schauten sie dem Mädchen schweigend zu.

»Du hast eine tolle Tochter«, bemerkte Luca.

»Ja, das hab ich«, bestätigte Ela und nickte.

»Ich finde es klasse, dass sie Fußball spielt.«

»Sie ist talentiert.«

Luca betrachtete Ela ernst. Sie war so verschlossen, schwer zu knacken.

»Hat sie das von ihrem Vater?«, hakte er nach, unsicher, ob das jetzt das richtige Thema war. Schließlich war er kein Meister des Smalltalks.

»Keine Ahnung. Ich hab keinen Kontakt mehr zu ihm ... wir haben nie viel geredet.«

Lucas Mundwinkel zuckten. »One-Night-Stand?«

»Nein auch nicht ... zu jung ... zu dumm ... genügt das? Ich möchte nicht über ihn reden.«

»Sorry, ich wollte dir nicht zu nahe treten«, erklärte Luca verlegen. Wieso trat er bei ihr ständig in Fettnäpfchen? Er war doch sonst nicht so ungeschickt. »Auch das mit dem Kuss am Samstag ...«

»Schon gut, vergiss es ... es ...«

Luca musterte sie aufmerksam, sie wirkte befangen.

»Hat Lina denn Kontakt zu ihrem Vater?« Das war jetzt nicht gerade die beste Frage, um die Unterhaltung in sicheres Fahrwasser zu bringen, außerdem lag sie ihm irgendwie auf dem Herzen.

»Was denkst du? Würde sie sich sonst so an dich klammern? Nein ... er ist ein Arschloch ... wie fast alle Männer.«

Luca schluckte hart, die Luft zwischen ihnen gefror.

»Entschuldigung ... ich wollte nicht.«

»Ist ja schon gut. Aber ich möchte ihr Enttäuschungen ersparen.«

»Bist du oft enttäuscht worden?«

»Es geht doch um Lina, oder?«

Luca nickte eilig.

»Sie sehnt sich so nach einem Vater. Aber ich will keinen Mann in ihr Leben bringen, der sie enttäuscht.«

»Der dich enttäuscht?«

»Luca, ich bin so desillusioniert, mich kann man nicht enttäuschen«, seufzte sie.

In Lucas Hals bildete sich ein Kloß, hilflos ergriff er Elas Hand und drückte sie.

»Das ist schade«, flüsterte er und strich ihr eine Haarsträhne aus dem Gesicht. Zärtlich streichelte er ihre Wange, die Haut war so weich. Sie wirkte so zerbrechlich.

»Ela, es tut mir leid. Ja, es stimmt, wir Männer können manchmal wirklich Arschlöcher sein.« Er musste sie in den Arm nehmen. Es war, als könnte er sie so für seine Absichten entschädigen. Sie ließ es geschehen und schmiegte ihre Wange vertrauensvoll an seine Schulter.

Er streichelte ihren Kopf und hätte sie zu gern geküsst, aber dann würde er sich erst recht wie ein Arschloch fühlen.

»Was macht ihr da? Ich hab Hunger!«, sagte Lina und zerstörte den friedlichen Augenblick.

Ela rappelte sich auf und rieb sich die Augen. Luca betrachtete sie skeptisch. Ob sie schnell Tränen weggewischt hatte?

»Na dann komm, da vorne ist 'ne Pommesbude«, antwortete er anstelle ihrer Mutter, damit sie sich durch ihre Stimme verraten musste.

Während sie an der Bude standen, klingelte Elas Handy. Sie wandte sich ab und ging ein paar Schritte, während sie draufsah.

»Wir müssen bald heim. Ich muss nachher noch was erledigen«, erklärte sie, als sie zurückkam.

In Luca regte sich Widerwillen. Ob ER sie gerade zu sich bestellt hatte? Diese Frau ging ihm unter die Haut. Er musste innerlich zugeben, dass ihm dieser Gedanke nicht gefiel. Aber wenn sie ihm je die gewünschten Informationen besorgen sollte, dann musste er damit klarkommen, dass sie zu *ihm* ging. Dazu gab es wohl keine Alternative. Deshalb kämpfte er tapfer gegen die aufkeimende Eifersucht an.

»Och Mama!«

»Kann man nichts machen«, beschwichtigte Luca.

»Ja, es muss sein.«

Kapitel 8 – Im Angesicht der Angst

Ela fiel das Atmen schwer, als hätte sie ein unsichtbares Eisenband um den Brustkorb. Mario hatte sie für heute Abend bestellt. Einerseits schrie alles in ihr, dass sie dort nie wieder hinwollte, andererseits musste sie irgendwie einen Abschluss finden. Sie hatte seinen Befehlen nicht gehorcht und deshalb Angst vor zu harter Bestrafung.

Aber war es wirklich die richtige Entscheidung, einfach nicht mehr bei ihm aufzutauchen? Das hieße doch, sie würde kneifen, und das wollte sie nicht. Sie brauchte sich die Bestrafung ja nicht gefallen zu lassen. Auch für sich wollte sie diesen Schlusspunkt, um ihrer Furchtsamkeit in die Augen zu sehen, und sie endlich zu überwinden. Sicher würde sie sich dadurch stärker fühlen und daran wachsen.

Sie wollte Mario ins Gesicht sagen, dass es nicht in Ordnung war, wie sich die Dinge zwischen ihnen entwickelt hatten, und dass sie keine Angst vor seinen Demütigungen hatte. Sie würde sich nichts mehr gefallen lassen.

Eine echte SM-Beziehung war schließlich nicht von Furcht geprägt, sondern von Vertrauen. Aber das war sie in der letzten Zeit immer weniger. Mario war mit jedem Treffen unberechenbarer geworden.

Auch würde er niemals einen echten Partner abgeben – und schon gar keinen Vater für Lina. Wenn sie sich von ihrem alten Leben getrennt hatte, gab es vielleicht für sie und Luca eine Chance. Das würde die Zeit zeigen.

Automatisch griff sie zu ihrem Ledergeschirr, das sie anlegen musste, wenn Mario sie rief. Damit niemand etwas davon bemerkte, trug sie immer ein großes Tuch um den Hals. Knöpfbare Bluse mit tiefem Ausschnitt, kein BH, keine Unterhose unter dem Rock – das waren seine Vorgaben, die sie bisher immer brav befolgt hatte. Irgendwann hatten sie das so im Vertrag festgehalten. Eine Standardklausel, die ihre ständige Verfügbarkeit klarmachen sollte.

Aber heute wollte sie sich nicht ficken lassen, und das wollte sie ihm auch mit ihren Kleidern zeigen. Genauso, wie sie ihm begreiflich machen musste, dass er zum brutalen Arsch mutiert war. Einem, der seine eigenen Verträge nicht erfüllte, vor allem was Schmerz anging.

Es war schon richtig, dass viele Subs Schmerz brauchten, um ihr Hirn auszuschalten und sich voll auf den Sex konzentrieren zu können. Aber das musste einvernehmlich geschehen. Bei ihr war das nicht so, sie brauchte nur das Gefühl, begehrt zu werden – unverzichtbar zu sein. Dafür war sie bereit, Einiges in Kauf zu nehmen.

Am Anfang der Beziehung zu Mario hatte sie nicht nur das Gefühl gehabt, begehrt zu werden, sondern er hatte auch ständig seine Liebe beteuert. Dafür wollte er von ihr immer ›Liebesbeweise‹ in Form von Demütigungen, die sie erdulden sollte. Er beschimpfte, beleidigte und erniedrigte sie beharrlich. Irgendwann wurde es ihr zu viel.

Als sie über die vielen Demütigungen nachdachte, wuchs in ihr Zorn. Mit Wut im Bauch griff sie zu Unterhose, Jeans, T-Shirt, BH; sowie Turnschuhen, statt der ebenfalls geforderten High Heels. Aus alter Gewohnheit nahm sie nun doch noch das große Tuch und wickelte es sich um den Hals. Zufrieden betrachtete sie sich im Spiegel. Jetzt war sie bereit, sich ihren Dämonen zu stellen.

Ela atmete tief durch, bevor sie auf den Klingelknopf von Marios Haus drückte. Blitzschnell öffnete sich die Tür, als hätte Mario schon auf sie gewartet. Rüde zog er sie ins Haus.

»Wird aber auch Zeit, Principessa. Du weißt, ich mag es nicht, wenn du zu spät kommst«, schimpfte Mario. Wie üblich, wenn sie ungehorsam war, nahm er ihr Kinn in den Klammergriff und drückte brutal ihren Kopf nach hinten.

»Tut mir leid«, murmelte Ela, soweit das durch die Einschränkung möglich war.

»Wie siehst du überhaupt aus? Wer hat dir erlaubt, deine Haare abzuschneiden?«, zischte er. »Und was hast du da an? Was soll das werden, Zwergenaufstand?«

»Lass mich los«, piepste sie. Natürlich machte das auf Mario überhaupt keinen Eindruck. Im Gegenteil, er verstärkte den Klammergriff. Sie hasste sich dafür, dass sie sich schon wieder von ihm einschüchtern ließ, und nahm all ihren Mut zusammen.

»Ich will nicht mehr«, presste sie so laut hervor, wie sie konnte.

Mario wirkte geschockt. Für einen Moment lockerte er den Griff und Ela konnte sich befreien. Mit zitternden Beinen trat sie einen Schritt zurück.

»Du weißt, dass ich das nicht will. Ich will mich nicht mehr so von dir behandeln lassen«, setzte sie nach. »Das ist keine Liebe.«

Doch Mario hatte seine Fassung schon wiedergefunden und pfefferte ihr den Handrücken so heftig ins Gesicht, dass er ihr beinahe den Kiefer ausrenkte. Sie griff sich an die Wange und wich ein paar weitere Schritte zurück. Tränen schossen ihr in die vor Angst geweiteten Augen.

»Du willst Schluss machen Principessa?«, höhnte er. »Mit mir macht Keine Schluss!« Er trat wieder einen Schritt näher und nahm ihren Arm fest in den Klammergriff. »Aber du hast Glück! Dein ewiges Etepetete geht mir sowieso schon lange auf den Wecker. Wenn hier einer Schluss macht, dann ICH. Natürlich nicht, ohne dich noch einmal gefickt zu haben ..., und zwar so, wie du es verdient hast.«

Seine Augen waren bloß noch Schlitze in seinem unrasierten Gesicht. Sein nach Alkohol riechender Atem nahm ihr die Luft.

Angewidert senkte sie den Kopf und nickte gehorsam. Es hatte keinen Zweck, gegen ihn anzukämpfen. Er war ja doch viel stärker, körperlich sowieso, aber auch mental. Wie war sie bloß auf den Gedanken gekommen, er würde sie ohne Weiteres gehen lassen? Es war besser, zunächst keine Widerworte zu geben. Sie würde sich noch einmal ficken lassen und dann für immer verschwinden. »Verzeihung«, murmelte sie.

»Verzeihung? Ist das alles, was du dazu zu sagen hast?«, fluchte er und verstärkte den Griff. Ela biss sich vor Schmerz auf die Zähne. Sie war sich sicher, dass sie davon blaue Flecken bekommen würde.

»Verzeihung für was? Deine Undankbarkeit? Dein Ungehorsam? Oder, dass du mich nicht genug liebst, um es mir so zu zeigen, wie ich es will? Ist es das?«, schrie er und schüttelte sie. »Ist dir überhaupt klar, wie sehr ich mir für dich den Arsch aufreiße? Und du? Kommst und sagst: *Das ist keine Liebe!*«

Sein Griff tat höllisch weh und brannte wie Feuer. Blaue Flecken waren ein eindeutiger Vertragsbruch. ›Keine sichtbaren Behandlungs-Zeichen‹, stand in ihrem Vertrag.

Damals hatten sie ihn zusammen aufgesetzt, und Mario hatte sich danach eine Zeit lang dran gehalten. Auch die Idee einer Markierung hatte sie so erfolgreich abwenden können. Doch irgendwann zeigte sich, dass das in seinen Augen Zurückweisungen waren, für die sie bezahlen musste. Das ließ er sie immer mehr spüren. So unberechenbar, wie er war, konnte sie sich ihm einfach nicht mehr vertrauensvoll hingeben. Dabei war das ja das eigentliche Ziel. Das Gehirn abschalten, nichts mehr entscheiden und einfach nur noch fühlen.

Mit der Zeit hatte er immer mehr Klauseln ignoriert und ständig mehr Forderungen gestellt, auf die sie nicht eingehen wollte. Ihre anfangs noch vorhandenen Liebesgefühle waren dadurch immer weniger geworden. Theoretisch akzeptierte er zwar ein *Nein,* aber in der Praxis wurde er danach immer noch ein Stück brutaler.

Wenn du mich liebst, erträgst du das. Du wirst es sogar genießen, hatte er jedes Mal betont.

Irgendwann hatte sie auf ein Codewort bestanden, an das er sich natürlich auch nicht hielt.

Da er ohnehin immer weniger nach ihr verlangte, hatte sie schon seit Längerem den Verdacht, dass sie nicht mehr die Einzige war.

Einmal hatte sie ihn darauf angesprochen. *Damit muss man rechnen, wenn man ständig ungehorsam ist. Merk dir eins: Ich kann mir meine Subs aussuchen. Und wenn ich sage: Sub, dann meine ich Sub. Die haben keinen eigenen Kopf.*

Sie wollte die Sache beenden, hier und heute, auch wenn es im Moment aussichtslos schien. Dieser Vorsatz blitzte kurz durch ihren Kopf. Irgendwie müsste man ihn doch mit Vernunft überzeugen können, dass es zwischen ihnen einfach nicht mehr funktionierte.

Seine Augen funkelten sie unnachgiebig an. Mario war die personifizierte Männlichkeit. Er hatte mehrere Bodybuilding-Wettbewerbe gewonnen und arbeitete sehr erfolgreich als Personal-Trainer. Durch seine Muskelberge produzierte sein Körper eine enorme Wärme, deshalb lief er zu Hause praktisch immer mit nacktem Oberkörper herum, während Ela dort meistens fror.

»Ich muss mit dir reden«, bekräftigte sie tapfer, obwohl ihr bewusst war, dass eine Sub nicht zu reden hatte.

Umgehend packte er in ihr kurzes Haar und bog ihren Kopf nach hinten. Wie war sie nur auf die Idee gekommen, die kurzen Haare würden ihm eine Disziplinierungswaffe nehmen?

»Wie war das mit Sub und reden? Du quatschst definitiv zu viel! Mal sehen, ob du auch noch reden willst, wenn ich mit dir fertig bin!«

Ela schloss die Augen und wartete, bis er sie losließ. Mario zerriss ihr Shirt, als ob es Papier wäre. Ela konnte seine Kiefermuskeln zucken sehen, als er realisierte, dass sie einen BH trug. Es tat weh, als er ihn ihr vom Leib riss.

Patsch!

Wieder eine Backpfeife, diesmal mit der anderen Hand auf die andere Seite. Nun glühten beide Wangen gleichmäßig. Ihre Angst war kaum noch auszuhalten. Ihr wurde schwindelig.

»Auf die Knie!«, befahl er barsch und drückte fest auf ihren Kopf.

Ihr Herz schlug bis zum Hals. Auch ohne dieses brutale Vorgehen hatte Mario etwas an sich, dass sie wortlos gehorchen ließ. Früher erregte sie es sogar, wenn sie nur mit ihm in einem Raum war. Heute kam so etwas wie ein schlechtes Gewissen für ihren Ungehorsam dazu. Sie seufzte innerlich, das waren einfach die Knöpfe, die bei ihr immer funktionierten.

Sie ging in die Knie und betrachtete dabei ihren Dom. Er war ein gnadenlos schöner Mann, mit gut definiertem Sixpack und dicken Adern, die Richtung Unterleib liefen. Seine vielen sexy Tattoos unterstrichen das Bild. Leider hatte er ihr nur selten erlaubt, ihn anzusehen. Sie erhaschte noch einen kurzen Blick, als er schnippte und das Zeichen für Oralverkehr machte. Das war sein Standard-Eröffnungsprogramm.

Wenn sie etwas mittlerweile konnte, dann war es blasen. Er zwang sie, dabei zu ihm aufzusehen, während er mit hartem Gesichtsausdruck immer wieder in ihren Mund stieß. Sie hatte zwangsläufig gelernt, seinen beachtlichen Schwanz tief aufzunehmen und zu schlucken. Dennoch hatte sie oft das Gefühl zu ersticken. Er schien erst zufrieden, wenn sie hinterher nach Luft rang. Mario war gnadenlos potent, eine wahre Sexmaschine. Beim Abspritzen warf er seinen Kopf nach hinten. Sie schluckte und saugte den letzten Tropfen aus ihm heraus.

Normalerweise törnte sie das Spiel an, sie stand nun mal auf harten Sex. Das war nicht nur für ihn die richtige Eröffnung, denn dass da noch mehr kommen würde, war keine Frage. Doch heute konnte sie nur schwer fokussieren, stieg doch mittlerweile Furcht in ihr auf. Sein Verhalten war noch ruppiger als sonst. Was er wohl mit ihr vorhatte? Sie war in der Höhle des Löwen und der würde sicher nicht nur brüllen.

»Für das hier«, schnauzte er und griff so grob in ihr kurzes Haar, das es schmerzte, »ist jetzt eine Bestrafung fällig.« Mit schmerzverzerrtem Gesicht verbog sich Ela.

Sie hatte nicht erwartet, dass es auch mit kurzen Haaren noch so wehtun würde. Sie hasste den Schmerz, sie hasste Mario.

»Du weißt schon, wohin. Los!«, befahl er. Gehorsam krabbelte sie auf allen Vieren in das BDSM-Zimmer. Er hatte es erst seit ein paar Monaten eingerichtet und mit schalldämpfenden Platten ausgekleidet.

Anfangs liebte sie den Strafbock, bis er ihre Hilflosigkeit darauf immer mehr ausnutzte. Heute hatte sie nur noch Angst.

Er drückte sie mit dem Oberkörper auf die Bank. »Halt dich an den Vertrag«, ermahnte er sie und fixierte sie auf dem Bauch liegend.

»Ich soll mich an die Abmachungen halten, Principessa? Halt du dich erst mal selber dran!«, knurrte er.

Er fesselte ihre Arme mit Lederschlaufen auf ihrem Rücken und zog sie über ein Gestänge nach oben, bis sie vor Schmerz stöhnte.

Dann stellte er eine erbarmungslos weite Spreizung ihrer Oberschenkel ein. Der Hosenstoff riss. In ihrer ganzen Aufregung hatte sie gar nicht bemerkt, dass sie immer noch ihre Hose anhatte. Er zerrte ihre Beine weiter auseinander und schien erst zufrieden, als sie laut aufschrie. Das war möglicherweise ein Muskelfaserriss, wie sie ihn schon mal hatte, als er wütend auf sie war.

»Schrei nur! Dich hört hier keiner«, pöbelte er.

Sie spürte die kalte Luft am blanken Hintern, als Mario ihre Hose von hinten einfach aufschnitt. Tränen schossen ihr in die Augen, als er mit aller Kraft auf ihren Po schlug. Fest presste sie die Lippen aufeinander, jeder Laut würde ihn nur weiter anfeuern.

»Natürlich Principessa. Natürlich halte ich mich NICHT an die Abmachung, du hältst dich ja auch nicht daran. Aber jetzt ist Schluss mit dem Gequatsche«, bemerkte er und knebelte sie mit dem Kugelknebel. »Heute wirst du eine neue Dimension des Fickens erleben ... eine dritte Dimension.«

Mit seinen rauen Händen streichelte er ihren freigelegten Hintern und fuhr prüfend in ihre Spalte. Sie hasste sich dafür, dass sie trotz allem feucht war.

»Sieh mal einer an ... ganz schön geil, die Principessa. Hast du dir den Zwergenaufstand auch gut überlegt? Du findest es ja doch immer geil, wenn ich dich ficke.«

Noch einmal klatschte seine Hand auf ihren Hintern.

»Aber heute probieren wir etwas Neues. Etwas, für das du dir bisher zu fein warst.«

Kurz danach klatschte eine Peitsche derart hart auf ihren Hintern, dass sie Angst bekam, in Ohnmacht zu fallen. Verzweifelt konzentrierte sie sich darauf, unter dem Schmerz der Schläge weiterzuatmen. Jeder Hieb brannte wie Feuer, er würde bestimmt Spuren hinterlassen. Schmerz hatte sie nie erregt, aber sie wusste mittlerweile, dass es Mario erregte, anderen Menschen welchen zuzufügen. Aber diese Brutalität hätte sie ihm niemals zugetraut. Zwanzig Mal traktierte die Peitsche ihren Hintern. Jeder Hieb wurde von Mario mit einem wütenden Schnauben kommentiert, bevor er endlich abließ.

Kurz stimulierte er die Klit, um danach mit den Fingern einzutauchen. »Ah, wie ich sehe, ist die Principessa richtig geil. Genauso, wie ich es dir versprochen habe«, murmelte er.

Sie erschrak, als er abermals mit voller Wucht auf ihren Hintern klatschte. Anschließend versenkte er sich mit einem Ruck und fickte sie so hart, dass ihre Brüste bei jedem Stoß wackelten.

Am Anfang kam er immer schnell zum Orgasmus und verwehrte ihr ihren. Mit jedem weiteren Fick wuchs ihre Anspannung. Sie begann vor Erregung zu zittern.

Oft ging er nach dem Bumsen aus dem Raum, trank etwas und geilte sich erneut mit Pornos auf, um sie danach wieder durchzunehmen. So auch diesmal.

Normalerweise war sie nicht geknebelt, was ja gefährlich war, wenn er aus dem Raum ging. Knebel waren eher hinderlich, denn üblicherweise verlangte er, dass sie jeden Fick laut zählte. Natürlich brauchte er mit jedem Durchgang länger. Eigentlich liebte sie sogar ihre wachsende Geilheit und das Warten. Der explosionsartige Orgasmus, der zwangsläufig irgendwann eintrat, war ein Gefühlsfeuerwerk, von dem sie danach noch lange zehrte.

Doch diesmal dauerte seine Rückkehr besonders lange. Elas Angst wandelte sich zu Panik, aber es nützte nichts. Resigniert ließ sie ihren Kopf hängen. Ihr blieb nichts weiter übrig, als ruhig zu bleiben, damit sie sich durch den Knebel nicht in Gefahr brachte. Sie musste dies hier überleben – für Lina.

KAPITEL 9 – ES IST NOCH NICHT ZU ENDE

Ela schloss die Augen und konzentrierte sich auf die Atmung. Verzweifelt unterdrückte sie ihre Tränen, die würden die Nase zuschwellen lassen und zu Erstickungspanik führen.

Irgendwann hörte sie Stimmen im Nebenraum. Sofort blockierte ein Kloß ihren Hals, denn im Vertrag stand ebenfalls: ›Keine weiteren Personen‹. Offensichtlich schien er sich heute nicht daran halten zu wollen. Womöglich wollte er sie hier länger festhalten als sonst? Sie wollte immer spätestens zwischen elf und zwölf zu Hause sein, damit keiner etwas von dieser Geschichte erfuhr.

Bilder von einem Gang-Bang tauchten vor ihrem inneren Auge auf, und sie war hilflos gefesselt – an ihrem letzten Abend. Sie verfluchte ihre Unvorsichtigkeit und fragte sich, ob womöglich ihr Unterbewusstsein nach diesem Abschiedsfick verlangt hatte. Das grenzte an Sucht. Als ihr klar war, dass die Sache zwischen Mario und ihr eskalieren würde, hätte sie sofort Schluss machen sollen – am besten einfach nicht mehr hingehen. Aber diese Erkenntnis kam nun zu spät.

Als Mario mit seinen Gästen eintrat, hob Ela den Kopf, um zu sehen, ob sie die Personen vielleicht kannte. Sie hatte immer vermieden, Marios Freunde kennenzulernen. Jeder, der von ihrer speziellen Vorliebe wusste, war ein potenzieller Verräter.

Ihr stockte der Atem, als sie Fabio, ihren Chef aus der Pizzeria, erkannte. Begleitet wurde er von einer Frau, die ab und an mal im Laden auftauchte und dann gleich ins Büro ging. Ela hatte schon immer geahnt, dass es da um Sex ging.

Mario lief immer noch mit nacktem Oberkörper herum, Fabio war vollkommen bekleidet. Die Dame ohne Namen wurde ihr natürlich nicht vorgestellt. Er spielte vermutlich auch keine Rolle, vielleicht kannten die Männer ihn nicht einmal. Sie war ganz in Latex gekleidet – ein kurzes, knallenges schwarzes Kleid, aus der die Brust heraushing. Zwei glänzende Latexstrümpfe, die optisch normalen Nahtstrümpfen ähnelten, und superhohe Plateauschuhe rundeten das Bild ab.

»Da ist sie und tropft vor Geilheit«, spottete Mario und nickte in Richtung Ela.

»Oh ja ... Principessa, was für ein passender Name!«, lachte Fabio höhnisch und ging vor ihr in die Knie. Er hob ihren Kopf an. »Dann ist diese spröde Art nur Tarnung, ja? Ich habe es immer geahnt. In Wirklichkeit liebst du es, so richtig durchgenommen zu werden.«

Ela schloss die Augen.

»Ich werte das mal als Zustimmung«, stichelte Fabio und ließ ihren Kopf wieder los.

Was hatte dieses gruselige Dreigestirn nur vor? Sie konnte kaum atmen vor Angst und senkte wieder den Kopf.

100

»Dann lass uns der Principessa mal zeigen, wie es geht. Showtime Kleine«, forderte Fabio die Latexdame auf.

Diese schien derartige Befehle gewohnt zu sein und ging vor Elas entblößten Hintern auf die Knie, um sie zu lecken. Ela riss die Augen auf und hob erstaunt den Kopf. Ihr Atem ging schneller. Die Dame beherrschte ihr Handwerk. Gekonnt fuhr sie um die Klit und drang mit der Zunge immer wieder tief in ihre Spalte.

Kein Mann hatte sie je vorher geleckt. Das neuartige Gefühl verdrängte für kurze Zeit die Angst.

»Mamma Mia, das gefällt ihr«, grinste Fabio. »Ja, nur eine Frau weiß, wie man es einer Frau am besten besorgt.« Er öffnete seine Hose, sein Schwanz sprang hervor und er begann, sich zu wichsen. Dann verschwand er aus Elas Blickfeld. Dafür trat Mario vor sie hin. Er entriegelte die Kopfhaltevorrichtung und fixierte den Kopf mit dem Riemen darauf. Jetzt war sie gezwungen, Richtung Bett zu schauen.

»Schau zu und lerne«, befahl Mario. Auch er öffnete seine Hose und begann sich zu bearbeiten. Schnell pumpte er seinen steifen Schwanz, immer wieder war seine Eichel zu sehen. Unter lautem Stöhnen spritzte er schließlich sein Sperma in ihr Gesicht.

Ela schloss die Augen, ignorierte den Geruch und konzentrierte sich auf die Stimulation durch die Latexlady. Immer wieder spürte sie ihr Gesicht gegen ihren Hintern stoßen. Wahrscheinlich wurde die leckende Lady jetzt von hinten gebumst.

Doms und italienische Männer leckten nicht. Zumindest nicht die, die sie kannte, deshalb würde es ihr erster oraler Orgasmus werden. Doch Mario kannte Elas Gesichtsausdruck zu gut und zerrte die Fetischlady weg, bevor Ela erlöst wurde.

»In unserem grandiosen Vertrag steht: *keine Schmerzen, keine weiteren Personen und noch viel mehr Blödsinn. Zeigen wir unserer hübschen Principessa doch mal, was ihr da entgeht*«, verkündete Mario. Er schubste die Lady rüde zum großen Spezialbett. Durch die hohen Plateauschuhe verlor sie das Gleichgewicht und landete auf den Knien. Unterwürfig krabbelte sie auf allen Vieren zum Bett. Das war außergewöhnlich hoch und hatte eine, mit rotem Plastik bezogene, Matratze. Die beiden Männer zogen sich Damenstrümpfe über den Kopf.

Die Frau schien zu wissen, was sie zu tun hatte, legte sich mit dem Oberkörper auf die Matratze und präsentierte ihr Hinterteil. Erst jetzt sah Ela, dass der Latexrock ein Loch an der richtigen Stelle hatte. Dennoch positionierten sich die beiden Männer hinter ihr und zogen gleichzeitig den engen Latexrock hoch. Ein prächtiges Hinterteil wurde sichtbar, über der Ritze war eine Trieske tätowiert. Mario stieß mit dem Fuß ruppig ihre Beine weiter auseinander. Die Lady gab keinen Mucks von sich, auch nicht, als er ihr rabiat auf den Hintern schlug. Dann trat er beiseite, um Fabio den Vortritt zu lassen.

»Fick sie in den Arsch«, regte Mario an, der jetzt von der Seite zusah.

»Den schwulen Scheiß kannst du selber machen«, pöbelte Fabio zurück.

»Aber das ist gefragt«, zischte Mario.

»Nicht bei mir. Wenn du das unbedingt haben willst, besorg dir Leute dafür.«

»Punkt!«, schrie Mario. »Konzentrieren wir uns doch auf diesen Prachtarsch.«

»Wenn man solch einen mächtigen Arsch hat, muss man aufpassen, dass man keine Cellulitedellen bekommt«, spottete Fabio.

»Tun wir etwas dagegen ... und das auch noch kostenlos«, ergänzte Mario, während die beiden einen Lederhandschuh überstreiften. Dann fingen sie an, die Dame wenig zärtlich im Takt zu spanken. Schnell wurde der Po rot, aber sie entlockten ihr nur ein leises Stöhnen.

»Das scheint mir nicht genug«, murmelte Mario und holte jedem eine Peitsche, die sie beide ebenfalls laut im Takt auf das entblößte Fleisch klatschen ließen.

»Halt dich nicht zurück«, instruierte Fabio irgendwann und Mario schlug heftiger zu. »Sie mag es, wenn noch Tage hinterher Spuren zu sehen und zu spüren sind«, behauptete er.

Und die Spuren kamen. Ela konnte sehen, wie die Haut an einigen Stellen aufplatzte. Sie vermutete, dass ihr eigener Hintern so ähnlich aussah, denn er brannte immer noch wie Feuer. Sie und die Lady würden nach der Behandlung ein paar Tage lang nicht richtig sitzen können.

»Ich glaube, es reicht«, stellte Mario fest und warf die Peitsche zu Boden. Fabio tat es ihm gleich und fing umgehend an zu ficken. Die Muskeln seines knackigen Hinterns spannten sich bei jedem klatschenden Stoß an. Seine Ausdauer war bewundernswert, wie von Sinnen stieß er zu. Die Lady schien das Spiel zu genießen.

Ela konnte nicht fassen, was der Anblick dieser Rohheit mit ihr machte. Es war abscheulich, dennoch spürte sie eine innere Erregung, die beständig wuchs. Es war abstoßend und doch wollte sie möglichst bald einen Schwanz fühlen – irgendeinen.

»Überhang«, befahl er der Lady nach einiger Zeit. Die schien zu wissen, was er wollte und kletterte brav auf das Bett, legte sich auf den Rücken, mit dem Kopf an der Kante, sodass er – den Nacken überstreckt – herunterhing. Mario ging ums Bett herum und trat an sie heran. Brav öffnete sie den Mund und er stieß in ihn hinein. Ihre weit geöffneten Augen verrieten, dass sie mit Luftnot und Würgereflexen zu kämpfen hatte. Inzwischen war Fabio auf das Bett geklettert und öffnete wieder seine Hose. Sein Schwanz ragte knallhart hervor. Er nahm die Beine der armen Frau über seine Schulter und drang in sie ein. Im Takt stießen die beiden Männer gegenläufig in sie hinein. Das gab dem Spruch: ›In die Mangel nehmen‹ eine ganz neue Bedeutung. Ela wurde flau, aber sie konnte nicht wegsehen.

»Komm, lass sie schlucken«, bat Fabio plötzlich und unterbrach den Fick. Mario entfernte sich aus ihrem Mund. Fabio zog an ihren Beinen, platzierte sich knapp vor ihrem Gesicht. Sie öffnete brav den Mund, während er hineinwichste.

Aber es war noch nicht zu Ende. Die Lady wirkte leicht entrückt, als die beiden sie auch noch ins Sandwich nahmen. Dennoch sah sie zufrieden aus, so als ob sie es genösse. Ela war gleichzeitig abgestoßen und fasziniert, konnte den Blick immer noch nicht abwenden.

Dennoch beunruhigte sie das Geschehen. Sie schwor sich schon die ganze Zeit, so einer Gefahr würde sie sich niemals wieder in ihrem Leben aussetzen – wenn sie hier jemals wieder rauskommen würde. Kurz blitzte der quälende Gedanke an Lina wieder durch ihren Kopf. Für sie musste sie überleben.

Ihr wurde übel. Sie durfte sich nicht erbrechen! Die beiden Männer waren im Fickrausch, sie würden es nicht bemerken, wenn sie an ihrem Erbrochenen erstickte.

Mario und Fabio zeigten eine übernatürliche Konstitution und Ausdauer. Mit Sicherheit eine Mischung von Viagra und Koks – oder ähnlichem Zeug. Sie hatte schon länger den Verdacht, dass Mario sich in diese Richtung dopte.

Als die beiden endlich von ihrem Opfer abließen, fühlte sich Ela, als wäre sie selbst gerade durchgenommen worden. Sie war sich sicher, diese Sache war noch nicht zu Ende.

Fabio trat auf sie zu. »Jetzt bist du doch ganz schön heiß geworden, nicht wahr? Du willst meinen Schwanz spüren, richtig?«

Ela schloss die Augen – sollte er doch davon denken, was er wollte.

»Ich fick dich ohne ... wie Mario auch. Ich kann dir ein druckfrisches Gesundheitszeugnis zeigen. Ich lass es jeden Monat machen und verlange selbst auch immer eins, bevor ich es ohne mache.«

Ela war vollkommen am Ende und stimmte mit den Augenlidern zu. Die Fixierung ließ mittlerweile ihren ganzen Körper unerträglich schmerzen, da wollte sie wenigstens auch eine Art Erlösung spüren. Irgendwie sollte das hier nur noch vorbeigehen – egal wie.

»Aber erst mal bläst du mir einen. Mario hat mir schon die ganze Zeit den Mund wässrig geredet, wie gut du blasen kannst.«

Er befreite sie endlich vom Knebel und löste die Kopffixierung. Der Nacken war steif und schmerzte. Natürlich war das Fabio egal, er nahm seinen Prügel und steckte ihn in Elas Mund. Natürlich schob er ihn rücksichtslos tief hinein. Nebenbei spürte sie, wie sich Mario von hinten an ihr zu schaffen machte.

Ein Albtraum!

Jetzt konnte sie nachfühlen, wie die Lady sich gefühlt haben musste. Gott sei Dank zog Fabio das Spiel nicht bis zum bitteren Ende durch, auch Mario entfernte sich.

Nur war sie wieder hin- und hergerissen zwischen grenzenloser Geilheit und unglaublichem Ekel. Durch die sexuelle Anspannung fühlte sie sich wie eine Gitarrensaite kurz vor dem Springen.

Deshalb empfand sie es als Erlösung, als sie nach einer Weile wieder gefickt wurde. Hart klatschten die Stöße auf ihren Po. Wer machte das? Sie senkte den Kopf und konnte an der Hose erkennen, dass es Fabio war.

Mario stand daneben. Fabios Schwanz hatte auch beachtliche Maße, deshalb hinterließ jeder seiner Stöße einen Schmerz, den sie unter anderen Umständen vielleicht als süß empfunden hätte. Zwischendurch rieb Fabio an ihrer Klit. Sie war so überreizt, dass er die Perle nur zu berühren brauchte, um ihr einen Orgasmus nach dem anderen zu verschaffen.

Was für ein geiler Scheiß!

Zwischendurch sah sie zur Lady, die wie tot auf dem Bett lag. Ela würde jede Wette eingehen, dass sie unter Drogen stand.

Nach ihrem Orgasmus wechselten sich die Männer ab und fickten sie weiter, als ob sie gerade erst angefangen hätten. Die beiden schienen sich gegenseitig zu befeuern. Eine gefühlte Ewigkeit versenkten sie abwechselnd ihre Schwänze in ihrer Möse.

Definitiv keine natürliche Ausdauer!

Ela war mittlerweile wund, doch das mussten die beiden Männer auch langsam sein.

Was für ein perverses Spiel!

Als sie endlich befreit wurde, konnte sie sich nicht mehr richtig bewegen. Dann musste sie noch die Schwänze sauber lecken, die tatsächlich ziemlich rot waren, und durfte endlich gehen.

Sie zog die zerschnittene Hose hoch und stolperte auf wackeligen Beinen hinaus.

»Merk dir: Keine macht mit mir Schluss!«, rief ihr Mario hinterher.

»Morgen hast du frei! Aber wage es nicht, übermorgen nicht auf der Arbeit zu erscheinen!«, ergänzte Fabio. »Sonst machen wir dir das Leben zur Hölle!«

Wie durch einen Nebel drangen diese brutalen Worte zu ihr durch und verursachten Panik. Was sollte sie nur machen? Morgen würde sie zur Polizei gehen. Den beiden musste das Handwerk gelegt werden. Nein, sie würde bestimmt nicht mehr kommen, wenn Mario noch einmal nach ihr verlangte.

Jeder Muskel in ihrem Körper schmerzte, ihre Scheide war wund. Die Haut auf dem Po brannte höllisch, als sie die Hose darüber zog.

Egal! Sie musste so schnell wie möglich raus hier.

Ela schnappte ihr zerrissenes Shirt vom Boden und band damit provisorisch die Hose um die Hüften. Der BH war kaputt. Gott sei Dank hatte sie das Halstuch, um ihre Blöße zu bedecken.

Grinsend sahen die beiden Männer dabei zu, wie sie sich vom Acker machte. Ihr Herz schlug bis zum Hals, als sie zur Tür stolperte, aber sie hielten sie nicht auf.

»Ich werde dir die Prinzessin schon noch aus dem Leib vögeln! Mach dich auf was gefasst!«, rief ihr Mario hinterher, als sie den Hauseingang öffnete.

Die Tür fiel ins Schloss und sofort schossen Ela die Tränen in die Augen. Sie musste aufpassen, dass sie auf dem Weg zum Auto nicht fiel. Es war vier Uhr früh. Die Luft strich angenehm kühl um ihren Kopf. Auf der Straße war weit und breit kein Mensch zu sehen. Beruhigt atmete sie durch.

Endlich saß sie hinter dem Steuer. Die Schmerzen waren kaum auszuhalten.

Nur schnell nach Hause, war der einzige Gedanke, den sie noch hatte. Zitternd drehte sie den Zündschlüssel herum und fuhr über die leeren Straßen nach Hause.

Was hatte sie sich nur dabei gedacht? Es war ihr doch schon länger klar, dass sie an einen kranken Teil der Szene geraten war. Wobei sie sich fragte, wie gesund eigentlich der gesunde Teil war, denn einem wirklich einfühlsamen Dom war sie bisher noch nie begegnet.

Auch wenn es vielleicht am Anfang ihrer Beziehung mal so ausgesehen hatte, Mario war definitiv auch keiner. Er war nichts weiter als ein Arschloch, immer wieder wurde sie von Arschlöchern getriggert. Das musste ein Ende haben.

Vielleicht lag es auch daran, dass sie inzwischen keine typische Sub mehr war. Es war schon richtig, dass ein Dom davon zehrte, wenn die Sub Dinge tat, die sie eigentlich nicht wollte. Ganz einfach, weil sie diese Dinge für IHN tat.

Auch ein Dom brauchte Sicherheit und Vertrauen und die gewann er nun mal durch die bedingungslose Unterwerfung. Aber sie wollte diese Erniedrigungen immer weniger akzeptieren, deshalb konnte man sie mittlerweile als eine Art Teilzeit-Sub bezeichnen.

Wie auch immer, diese Dinge waren durch und durch kompliziert. Sie war schwierig, eine schwierige Sub, das wollte sie gern zugeben.

Sie war wieder einmal an dem Punkt, an dem sie schon öfter war und dann doch immer wieder ins Wanken kam. BDSM war keine Option mehr.

Als der Wagen auf der Auffahrt zu ihrem Haus zum Stehen kam, ging eine Nachricht von Fabio auf ihrem Handy ein:

Komm nicht auf den Gedanken, die Polizei einzuschalten. Wir haben dich in der Hand. Wenn du wissen willst, wie, wirst du es auf der Arbeit erfahren.

Kapitel 10 – Spurensuche

Sorry Mama,

es ist spät geworden, war feucht-fröhlich gestern. Kannst du Lina zur Schule bringen und mich ausschlafen lassen?

Hab dich lieb, du bist die Beste!

Ela

Der vorgegebene Alkohol könnte die zittrige Schrift erklären, sagte sich Ela, als sie den Zettel für ihre Mutter hinlegte. Vielleicht war es das Beste, wirklich welchen zu trinken, um sich zumindest so weit zu beruhigen, dass sie ein paar Stunden schlafen konnte.

Sie holte sich aus der Küche ein Wasserglas, schenkte etwas Orangensaft ein und füllte es mit Wodka auf. In einem Zug kippte sie die Mischung runter. Es tat gut, der Alkohol beruhigte die Nerven.

Jetzt aber schnell ins Zimmer, bevor noch jemand etwas bemerkte. Am liebsten würde sie duschen, sich stundenlang das Erlebte abwaschen. Aber das war leider nicht möglich, denn das war zu laut und damit die Gefahr, dass sie jemanden weckte, zu groß.

Wohin nur mit der kaputten Kleidung? Wenn die jemand im Abfall fand, würde das automatisch zu unerwünschter Fragerei führen. Sie nahm eine Plastiktüte, stopfte die Sachen hinein und verstaute das Ganze unterm Bett.

Die Tränen kamen hoch, als sie ihren zerschundenen Hintern im Spiegel betrachtete. Die Striemen waren zwar nicht so schlimm wie befürchtet, denn die Haut war nur an einer Stelle geplatzt, aber rot und geschwollen. Dort, wo Mario sie so fest am Arm gepackt hatte, war tatsächlich ein blauer Fleck. Normalerweise schlief sie im Sommer nackt, jetzt war es besser, ein Schlafshirt überzuziehen, um diese offensichtliche Demütigung zu verbergen.

Als gute Sklavin musste sie sich ihrem Herrn vollkommen unterordnen. Sie musste diese Erziehung lieben, um ihren Herrn besser zu befriedigen. Jederzeit gehorchen, ohne etwas infrage zu stellen. Das war nicht ihr Ding – nicht mehr und eigentlich nie gewesen. Schmerzen und Demütigungen ertrug sie schon gar nicht.

Nicht zum ersten Mal fragte sie sich, warum diese Kerle wie ein Magnet auf sie wirkten. Wie konnte es sein, dass sie wie eine Marionette an unsichtbaren Fäden für sie tanzte und sie dieses abartige Spiel auch noch erregte? Ela schüttelte den Kopf und legte sich ins Bett.

Der Alkohol hatte inzwischen ihren ganzen Körper etwas entspannt und den Schmerz gedämpft. Doch ihr Kopf fand keine Ruhe. Was meinte Fabio mit: *Wir haben dich in der Hand*?

Sie musste ja auch nicht die Polizei einschalten. Eigentlich war es ganz einfach, sie würde Mario und Fabio nie wieder unter die Augen treten. Wenn sie keine neue Stelle fand, dann war das eben so. Wenn es woanders weniger Lohn gab, dann vielleicht dafür mehr Trinkgeld.

Doch obwohl sie krampfhaft ihre Gedanken in diese Bahnen lenkte, konnte sie sich damit nicht beruhigen. Immer wieder kochten Ängste und Zweifel hoch. Es half nichts, für ihren Seelenfrieden musste sie herausfinden, was hinter dieser Drohung steckte. Gott sei Dank hatte sie morgen erst einmal frei. Es wurde schon hell, als sie diesen Beschluss fasste und endlich einschlief.

Küchenlärm, der gedämpft durch die Zimmertür drang, weckte Ela. Es war bereits Mittag. Sie wollte duschen, aber das Badezimmer war nicht abschließbar. Eine Sicherheitsmaßnahme aus der Zeit, als ihre Tochter noch kleiner war. So wartete sie, bis sie das Auto wegfahren hörte. Jetzt holte ihre Mutter Lina ab.

»Danke Mama«, flüsterte sie und sprang aus dem Bett, um zu duschen.

Zufrieden stellte sie fest, dass ihr Hintern schon deutlich abgeschwollen war. Das Seifenwasser brannte zwar ein wenig, aber im Grunde hatte Ela Schlimmeres befürchtet.

Als sie in die frische Kleidung schlüpfte, fühlte sie sich gleich viel besser. Wenn sie sich beeilte, konnte sie auch gleich die Kleidung in die Tonne werfen.

Sie schnappte sich die Plastiktüte und erschrak, als sie Luca auf dem Weg begegnete.

»Hallo Ela«, rief er erfreut. Er sah sie an und stutzte. »Wie geht es dir? Alles Okay?«

Fuck! Man sah ihr die Strapazen der letzten Nacht sicher noch an.

»Ja … schon … alles Okay, ist nur ein bisschen spät geworden gestern. Sieht man mir das an?«

»Ach was! Einen schönen Menschen entstellt nichts«, überspielte Luca seinen kritischen Blick.

»Sorry, ich bin ein bisschen im Stress«, entschuldigte sich Ela, und wollte sich schon davonmachen, da hielt Luka sie am Arm auf.

»Warte«, sagte er und ließ sie sofort los, als sie das Gesicht verzog. Er hatte an die Stelle gegriffen, an der auch Mario so fest zugepackt hatte. Sie konnte sich gerade noch das *Aua!* verkneifen.

»Ja?«, fragte sie und entzog ihm den Arm.

»Hättest du heute Nachmittag Lust auf eine Motorradtour?«

»Musst du nicht in den Laden?« Gleich bereute Ela diese unhöfliche Frage, seine Arbeitszeiten gingen sie ja eigentlich nichts an. Sie hätte ganz und gar nichts dagegen, Zeit mit ihm zu verbringen. Der Gedanke bereitete ihr trotzdem ein gewisses Unbehagen. Sollten sie sich näherkommen, würde er ihre Blessuren bemerken.

»Nein, heute Nachmittag ist der Laden zu. Keine Angst, ich werde dir bestimmt nicht zu nahe treten«, beruhigte er sie, als könnte er ihre Gedanken lesen. »Wenn ich Stress habe, fahre ich immer Motorrad. Das macht den Kopf am besten frei. Wie wärs um vier? Passt dir das?«

»Eine Tour, das klingt verlockend«, seufzte sie. Gleichzeitig fragte sie sich, wie das wohl ihrem Hintern bekommen würde.

»Was hält dich dann noch ab?«

Die vermutlichen Schmerzen, dachte sie und beschloss, dass sie sie sicher aushalten würde. Sie konnte ja eine Schmerztablette nehmen.

»Okay ... du hast gewonnen. Lass uns wegfahren. Aber ich muss jetzt ... sorry«, entschuldigte sie sich lächelnd und eilte zur Mülltonne.

»Bis nachher!«, rief Luca ihr hinterher.

Ela war erleichtert, als sie feststellte, dass die Tonne ziemlich voll war. Die Abfuhr war sicher bald. Um ihre Plastiktüte möglichst unauffällig zu entsorgen, holte sie die drei oberen Mülltüten heraus und versteckte ihre darunter. Man konnte ja nie wissen, was ihrer neugierigen Mutter so einfiel, wenn sie vermutete, dass Fremde dort Müll hineingeschmissen hatten.

Kaum hatte sie die Tüte verstaut, bog das Auto ihrer Mutter schon auf die Auffahrt.

***

Luca sah seiner Nachbarin skeptisch hinterher. Sie wirkte fahrig und nervös, Gesicht und Augen waren geschwollen. Was war nur mit ihr los? Er ging zum Schein ein paar Schritte Richtung Haus und versteckte sich hinter einem Busch. So konnte er die Müllentsorgungsaktion beobachten.

Was hatte sie da zu verbergen? War Ela, Mario oder Fabio vielleicht seinen Nachforschungen auf die Schliche gekommen und wollten jetzt Beweismaterial vernichten?

Wenn er den Müll sicherstellen wollte, musste er jetzt handeln, denn morgen früh kam die Müllabfuhr. Er wartete, bis die drei Frauen im Haus waren, um die Tüte dann schnell wieder aus dem Müll zu fischen. Gott sei Dank schien ihn keiner dabei gesehen zu haben.

»Was hast du da?«, fragte Ciro, der gerade in die Küche kam.

»Das weiß ich noch nicht, vielleicht einen Hinweis, oder sogar einen Beweis«, antwortete Luca und öffnete die Tüte. Fassungslos holte er die zerstörten Kleidungsstücke heraus. »Was ist das?«

»Ach du Scheiße!«, ergänzte Ciro. »Der gute Mario scheint mir ein bisschen mehr als dominant zu sein.«

»Glaubst du, sie findet so was gut?«, fragte Luca und drehte die zerschnittene Jeans in der Hand herum. »Sieh nur, hier ist ein Streifen Blut in der Hose ... das sieht aus wie ... Ob sie verprügelt worden ist?« Es war, als stach jemand in sein Herz. Ratlos sah er zu Ciro herüber.

»Keine Ahnung, manche stehen drauf«, antwortete sein Bruder schulterzuckend. »Sah sie glücklich und befriedigt aus?«

Luca überlegte und schüttelte den Kopf. »Nein, eigentlich nicht. Sie war sehr nervös ... sah eher verheult aus.«

116

»Vielleicht will sie gar nicht so verprügelt werden«, überlegte Ciro. »Vielleicht wird sie missbraucht?«

Lucas Gedanken rasten. »Du meinst, sie wird gezwungen?«

»Wer weiß? Diese Typen sind skrupellos. Wie würde das mit deinem Schwarz-weiß-Denken zusammenpassen? Gehört sie für dich dann immer noch zum Pack?«

»Keine Ahnung«, murmelte Luca. »Sie ist auf jeden Fall anders, als ich das am Anfang erwartet hatte.«

»Hast du schon mal überlegt, dass sie dir vielleicht gar nicht die gewünschten Informationen beschaffen kann?«

»Aber wenn sie misshandelt wird, könnte man die beiden vielleicht hierüber kriegen. Immerhin hat die Polizei sie schon einmal auf dem Radar gehabt, da zählt jeder Hinweis, um die Untersuchungen wieder aufzunehmen.«

»Also willst du sie retten und danach wieder fallen lassen, wie eine heiße Kartoffel?«

»Das ist jetzt etwas krass ausgedrückt.«

»Ja? Was hast du dann vor? Willst du sie heiraten? Gibs endlich zu, du hast dich mit dieser Aktion verrannt«, wandte Ciro mit einer abfälligen Handbewegung ein. »Was willst du machen, wenn Gefühle ins Spiel kommen?«

»Fuck! Halt endlich dein Maul!«

»Ach du Scheiße! Sie sind bereits im Spiel! Ich warne dich noch mal: Lass die Finger davon. Du verrennst dich!«

Kapitel 11 – Die ultimative Freiheit

»Hier Ela, nimm die Jacke, die Ciro für seine Freundinnen immer auf Lager hat. Ich denke, die passt«, sagte Luca und warf ihr die Lederjacke zu. »Einen Helm habe ich auch hier. Schau mal, ob der sitzt.«

Ela zog die Schutzkleidung an. »Ja, passt alles gut«, antwortete sie.

Luca lächelte sie warm an, sie lächelte scheu zurück.

»Bist du schon mal Motorrad gefahren?«

Ela schüttelte den Kopf.

»Du musst dich nur ganz dicht an mich setzen und jede Bewegung mitmachen. Am besten legst du die Arme um mich. Ich werde mich in die Kurven legen, dann musst du mitgehen. Du darfst auf keinen Fall eine gegenläufige Bewegung machen, sonst stürzen wir.«

Luca musterte sie, während er das sagte. Ela stand schweigend da und wusste anscheinend nicht, was sie davon halten sollte.

»Keine Angst, wenn ich Beifahrer habe, bin ich immer besonders vorsichtig. Am Anfang werde ich ganz langsam in die Kurven gehen. Du wirst schon noch sehen, es wird dir mit der Zeit Spaß machen.«

Ela nickte und sagte immer noch kein Wort. Luca wurde nervös. Er konnte mit so viel Zurückhaltung nichts anfangen.

»Wir fahren erst ein bisschen auf der Straße, dann in den Wald. Ich kenne dort eine schöne Stelle am Bach. Da können wir dann unsere Füße kühlen ... oder mehr.«

Ela lächelte.

»Bereit? Dann starte ich mal, danach kannst du aufsteigen«, erklärte Luca. »Füße hier auf die Stützen.«

Ela nickte.

Luca wurde kribbelig, weil sie immer noch nichts sagte. Wie versprochen fuhr er, als hätte er ein rohes Ei auf dem Beifahrersitz. Er liebte das vertraute Vibrieren des Motorrades, nur so hatte er das Gefühl, er selbst zu sein. Und dass Ela sich so eng an ihn schmiegte, fühlte sich verdammt gut an. Das überraschte ihn, denn bisher hatte er immer geglaubt, dass das Motorrad seine echte große Liebe war, mit der er lieber allein Zeit verbrachte. Bisher hatte er nur einer Frau erlaubt mitzufahren – und das war lange her.

Am Wald angekommen verließen sie die Straße. Ela schien inzwischen Vertrauen gefasst zu haben, deshalb fuhr er zügig über die Waldwege. Offroad, das war das ultimative Gefühl der Freiheit. Ganz seiner Intuition folgend bahnte er sich den Weg über Stock und Stein durch das Gelände. Ela schien Teil dieser Passion zu sein, fühlte es sich doch an, als wären sie beide aus einem Guss.

Von Glücksgefühlen berauscht, erreichten sie ihr Ziel und stiegen ab. Ein paar Wildenten hoben ab, vor ihnen breitete sich eine kleine Wiesenfläche an einem Bach aus. Malerisch spiegelten sich die Sonnenstrahlen auf der Wasseroberfläche.

Lucas Bauch wurde warm, als er beobachtete, wie Ela ihren Helm abnahm und eine strahlende Frau zum Vorschein kam. Eine, deren Augen funkelten und die ihre Sorgen anscheinend völlig vergessen hatte.

»Siehst du? Es macht den Kopf frei«, sagte er lachend.

»Aber so was von!«, bestätigte Ela. »Danke! Danke, dass ich mitfahren durfte.«

»Freut mich, dass ich dich ein bisschen vom Alltag entführen kann. Komm, wir machen eine Pause und legen uns ein bisschen auf die Jacken.«

»Gute Idee«, bestätigte Ela und breitete ihre aus.

Luca beobachtete sie genau. Wenn sie wirklich verprügelt worden wäre, dann müsste man das an ihrem Verhalten sehen können. Doch Ela bewegte sich völlig unauffällig.

Wie abgesprochen legten sich beide auf die Seite und sahen sich in die Augen, Elas waren wunderschön. Groß, dunkelbraun mit goldenen Sprenkeln und langen, schön geschwungenen Wimpern. Sahen sie bisher meist traurig aus, so war jetzt Leuchten in ihnen zu erkennen.

»Ich glaube, da habe ich jemand auf den Geschmack gebracht«, sagte Luca und grinste.

»Ich liebe es«, betätigte Ela. »Fährst du oft?«

»Wenn es Zeit und Wetter zulassen, jeden Tag. Es ist viel besser zum Entspannen, als vorm Fernseher abzuhängen oder was man sonst noch so alles in seiner Freizeit machen kann.«

»Ja, das stimmt. Das beruhigende Geräusch vom Motor, die Vibrationen, der Fahrtwind, die Landschaft und die Natur, die an einem vorbeiziehen ... das ultimative Freiheitsgefühl«, schwärmte sie.

»Wenn du Offroad fährst und irgendwo Pause machst ... dort, wo du ganz für dich sein kannst. Diese Ruhe, nur die Geräusche der Natur ... die ultimative Entspannung«, sinnierte Luca.

»Ja, ich kann dich verstehen«, seufzte Ela. »Solche Pausen sind unbezahlbar.«

»Wie sehen deine Auszeiten aus?«, fragte er.

Ela schloss kurz die Augen und bekam einen unergründlichen Gesichtsausdruck. »Ich hab nur wenig«, antwortete sie schnell. »Wenn, dann kann man die Zeit mit meinen Freundinnen noch am ehesten als Auszeit bezeichnen.«

»Gibt es eigentlich keinen Mann in deinem Leben?«, wagte er sich an die für ihn entscheidende Frage.

Ihr »Nein« erleichterte und verwirrte ihn zugleich. Heiß-kalte Schauer durchliefen seinen Körper. Er dachte an die blutbesudelte Hose und fragte sich, wie das alles zusammenpasste.

Dann sah er seine Felle davon schwimmen. Der Plan würde nicht funktionieren! Wie sollte er ohne Insider-Informationen die Mörder seines Bruders dingfest machen?

»Ist was? Alles Okay mit dir?«, riss Ela ihn aus seinen Gedanken.

»Ja, ja klar.« Er rang sich ein Lächeln ab. »Ich wundere mich nur, dass eine so tolle Frau wie du allein ist.«

»Na ja ... bis vor Kurzem gab es da schon jemanden, aber ... wie soll ich das sagen ... er hat sich sehr verändert ... und ich mich auch. Ich befinde mich da gerade in einem Umbruch.«

Luca nickte. Offensichtlich hatte sie sich von Mario getrennt. Das entsprach gar nicht seiner Zielsetzung, dennoch ärgerte er sich nicht darüber. »Ja, das Leben läuft nicht immer nach Plan«, murmelte er und wunderte sich über sich selbst. Er würde auf jeden Fall alles daran setzen, ihr näherzukommen, und dann könnte er immer noch herausfinden, was sie ihm an gewünschten Informationen liefern konnte.

»Was ist mit dir? Gibt es gar keine Frau in deinem Leben?«

»Doch, seit Neuestem schon«, verkündete Luca.

Ela wirkte enttäuscht.

»Weißt du, ich bin umgezogen und nebenan wohnt so eine heiße Nachbarin, die ...«

Ihre Mundwinkel zogen sich wieder nach oben. »Hey!«, rief sie und stupste ihn.

»Wieso? Hätte dich das denn gestört, wenn ...?«

»Du bist wohl gar nicht eingebildet«, lachte sie. »Ich weiß nicht ... vielleicht. Eigentlich bin ich noch nicht bereit für einen neuen Mann in meinem Leben.«

»Und Lina? Was sagt sie dazu?«

Ela seufzte. »Es gab bisher noch keinen Mann, den ich ihr hätte vorstellen wollen.«

»Keinen?!«

»Nein, nicht einmal ihren Erzeuger.«

»Sie kennt ihren Vater nicht?«

»Ich glaube nicht, dass es ein Verlust für sie ist. Ihr Opa ist eine bessere Vaterfigur.«

»Das ist traurig.«

»Ja, ist es. Aber das ist Schnee von gestern. Seit Neuestem haben wir da einen tollen Nachbarn, der sich super mit ihr versteht und auch mir ganz gut gefällt ...«

»Hey! Was soll das heißen!? Nur ganz gut?«, fragte er augenzwinkernd.

Ela grinste. »Na ja, es ist ja alles noch ziemlich frisch ... aber ...«

»Aber?«, fragte er eine unsichere Ela.

»Ich frage mich, was er von der Sache hält?«, antwortete sie zögernd.

Luca streichelte ihre Wange. »Es ist ... es fühlt sich irgendwie gut an ... und Lina ist ein tolles Mädchen. Warum lassen wir nicht einfach die Sache auf uns zukommen?«, flüsterte er und zog sie am Hinterkopf zu einem Kuss heran. Wie hypnotisiert näherte er sich ihren vollen Lippen, deren Weichheit er unbedingt fühlen wollte. Er robbte näher an sie heran, damit er sie besser in die Arme nehmen konnte, und sie schmiegte sich an ihn. Bereitwillig öffnete sie ihren Mund, um ihre Zungen zu einem zärtlichen Kuss verschmelzen zu lassen. Liebevoll erforschte er ihren Mund. Ela erwiderte den Kuss zunächst fast schüchtern, dann aber mit zunehmender Hingabe. Ein leises Seufzen entfuhr ihr, das Lucas Bauch vibrieren ließ. Er unterbrach den Kuss und sah sie verzaubert an. Wann hatte er das letzte Mal dieses Kribbeln bei einem Kuss gefühlt?

»Korrigiere, es fühlt sich verdammt gut an«, flüsterte er ihr lächelnd ins Ohr. Sanft legte er sie mit dem Rücken ins Gras und setzte kleine Küsse auf ihre Halsbeuge. Ihr Duft war einfach wunderbar. Ela schloss die Augen und bekam eine Gänsehaut. Ihr Atem ging schneller, als er seinen Mund etwas weiter öffnete, um den Geschmack ihrer Haut zu erleben.

»Hm, du schmeckst einfach wunderbar«, murmelte er, während er weiter ihrem Hals erforschte. Sie stöhnte leise und Hitze sammelte sich in seinem Unterleib. Er knurrte erregt und fuhr unter ihr Shirt, um diese bemerkenswert weiche Haut zu streicheln. Sie wand sich unter seinen Berührungen. Er keuchte und saugte sich gierig fest. Seine Hand schob ihr Shirt und BH hoch, um die Brust zu streicheln. Sie entließ genüssliche Laute, ihr Körper bog sich sinnlich durch, während sie tief seufzte. Lucas Gehirn verabschiedete sich und er fing an, ihren Busen zu küssen. Ihre Brüste hatten die perfekte Größe, sie waren wunderbar weiß – weich und fest zugleich. Leidenschaftlich versank er immer mehr in ihrem Fleisch – bis er zart an ihrer Brustwarze knabberte.

Ela zuckte zusammen, als hätte er gerade Starkstrom durch ihren Körper geleitet. Mit aufgerissenen Augen schreckte sie hoch.

»Nein!«, rief sie.

Der Schreck ließ auch Luca zusammenzucken. Blut schoss in seinen Kopf.

»Was ist? Hab ich dir wehgetan? Das wollte ich nicht!« Luca schalt sich einen Klotz, weil er sich so hatte treiben lassen. Er wäre viel zu weit gegangen, wenn sie nicht gerade Einhalt geboten hätte. Das wollte er auf keinen Fall. Ela war verletzlich und sensibel, so viel hatte er begriffen. Er wollte sie nicht respektlos behandeln.

»Nein, nein, ich hab mich nur ein bisschen erschrocken«, keuchte sie.

»Entschuldigung, ich hatte mich einen Moment vergessen«, murmelte er.

»Nein ... ich muss mich entschuldigen, dass ich es nicht früher unterbrochen habe. Es ... ist, dass ... also ... es geht mir irgendwie zu schnell«, stotterte sie.

»Verstehe«, murmelte Luca. »Wie gesagt: Entschuldigung, das wollte ich nicht.« Hoffentlich hatte er den schönen Nachmittag jetzt nicht zerstört.

***

Ela schüttelte den Kopf, fast hätte sie mit Luca geschlafen. Sie sah zu ihm hinüber, er sah immer noch bestürzt aus.

»Schon gut. Ich glaube dir. Mach dir keinen Kopf«, antwortete sie zwar, aber in ihrem Inneren war nichts gut. Nicht auszudenken, was geschehen wäre, wenn er ihre Blessuren entdeckt hätte. Sie hatte sich gehen lassen, hatte gebadet in einem Meer voller Zärtlichkeiten, wie sie es noch nie erlebt hatte. Daran war nur das Schmerzmittel schuld, das sie genommen hatte, um sich unauffällig hinsetzen zu können. Dadurch hatte sie alles vergessen und fast wäre es zum Äußersten gekommen.

Dennoch fragte sie sich, wie es wohl gewesen wäre, auf diese Weise mit einem Mann zu schlafen. Aber sie hätte es sowieso nicht erfahren, denn sie war immer noch wund.

»Macht es dir etwas aus, mich jetzt nach Hause zu fahren?«, fragte sie. Lucas enttäuschtes Gesicht versetzte ihr einen Stich.

»Nein, nein«, versicherte er. »Komm, lass uns aufstehen.«

Der herrliche Rückweg tröstete Ela etwas über ihren Verzicht hinweg. Sie schmiegte sich an Luca und genoss den Schutz seines breiten Rückens. Schade, dass sie den Helm aufhatte, denn zu gerne hätte sie ihren Kopf an seine Schultern gelegt. Die Wärme der Sonne, die Kühle des Fahrtwindes und das Vibrieren des Motors beruhigten ihre Nerven wieder.

Diese Sache fühlte sich verdammt gut an!

Kapitel 12 – Gefickt!

Ela wachte mit Bauchschmerzen auf. Heute würde sie noch einmal zur Arbeit gehen müssen. Sie hatte lange überlegt, aber es war besser, wenn sie erführe, was diese Dreckskerle genau in der Hand hatten. Vielleicht war das alles heiße Luft und sie brauchte nicht einmal zur Polizei zu gehen. Wer legte schon freiwillig seine dunkle Seite offen?

Unter der Dusche musste sie noch einmal an den schönen Nachmittag von gestern denken. Wenn sie nur schon alles überstanden hätte, dann könnte und würde sie die Liebe bis zur letzten Konsequenz genießen. Wahrscheinlich ahnte sie nicht einmal, was ihr bis heute entgangen war. Wie konnte sie nur auf den Gedanken kommen, dass ihr etwas fehlen würde, wenn sie nicht mehr zu Mario ginge?

Auch ein anderer Dom würde sie nie einfühlsam küssen, ihr nie zärtlich die Brust liebkosen, nie mit ihr in liebevoller Sinnlichkeit schwelgen.

Nein, sie wollte das alles nicht mehr. Sie hatte vom süßen Kuchen gekostet und wollte sich nie mehr mit hartem Zwieback zufriedengeben.

Ein Seufzer entfuhr ihr, als sie in den Spiegel blickte. Ihre Familie war gestern geradezu glücklich über ihren Knutschfleck am Hals gewesen, war er doch sichtbares

Zeichen ihrer Annäherung an Luca. Aber jetzt verursachte der Anblick einen Druck auf ihrer Brust.

Sie versuchte, ihn mit Make-up zu überdecken, leider hatte sie nur transparentes. Deutlich schimmerte der dunkelrote Fleck hindurch. Ihre Mutter benutzte auch keine deckende Schminke. Es war zu spät, um vor der Arbeit noch etwas zu kaufen. Mist!

Es half nichts, sie musste zu einem Halstuch greifen. Fabio würde das gar nicht gefallen. Sie lächelte, als sie sich mit dem Tuch im Spiegel betrachtete, denn ihr wurde plötzlich klar, dass es ja völlig egal war, ob es Fabio gefallen würde. Sie brauchte niemandem mehr zu gefallen, wenn sie nicht wollte. Vielleicht sollte sie den Fleck sogar stolz zur Schau tragen? Sie überlegte hin und her und entschied sich dann gegen eine unnötige Provokation.

Fabio war noch nicht da, er kam meistens erst gegen Mittag. So begann Ela mit der Arbeit, als wenn nichts wäre.

»Einmal Spaghetti alle Vongole bitte«, raunte es von hinten. Die bekannte Stimme ließ Ela das Blut in den Kopf steigen. Luca war ja Stammgast, das hatte sie bei all ihren Überlegungen völlig verdrängt. Hoffentlich bekam er nichts mit.

Sie drehte sich um. »Kommt sofort, der Herr«, antwortete sie und versuchte möglichst ungezwungen zu lächeln. »Wie immer ein Wasser dazu?«

»Ja genau, danke. Die Bedienung hier ist doch sehr zuvorkommend«, erwähnte er grinsend. »Ich setze mich dann mal auf meinen Stammplatz.«

Am liebsten hätte sie *besser nicht* gesagt, aber sie nickte. Im Gegensatz zu den anderen Plätzen waren die Kasse und der Gang zum Büro, auf diesem Platz einsehbar. Falls Fabio auftauchte, könnte Luca Dinge beobachten, die er besser nicht sehen sollte.

»Hübsches Tuch übrigens«, bemerkte Luca, bevor er sich auf den Weg zu seinem Stammplatz machte.

»Danke«, murmelte sie, wandte sich ab und gab die Bestellung auf.

Lucas Anwesenheit machte sie nervös. Hoffentlich war er rechtzeitig wieder verschwunden. Sie wusste nicht, was Fabio nach dem letzten Treffen so einfiel. Hier, in der Öffentlichkeit seines Lokals, würde sie ihren Chef schwer in die Schranken weisen können, indem sie ihn ohrfeigte. Die italienische Machoseele war da sehr empfindlich und Fabio ohnehin unberechenbar.

Warum sollte ich auch Glück haben?, dachte sie, als Fabio kurz darauf das Lokal betrat. Breitbeinig stand er im Eingang und schob lässig seine Sonnenbrille hoch, um sein Restaurant zu inspizieren. Der Laden war brechend voll, deshalb lächelte er zufrieden.

Ela konnte kaum atmen, als er zielstrebig auf sie zukam. Wohin sollte sie flüchten? Er würde ihr sowieso folgen. Ihr Hirn ratterte auf Hochtouren, ohne zu einem Ergebnis zu kommen. So blieb sie wie angewurzelt im

Kassenbereich stehen und hoffte, dass Luca sie gerade nicht beobachtete.

Mit zitternden Fingern fummelte sie sinnlos mit Papieren neben der Kasse herum. Hier konnte sie wenigstens nicht vom Rest der Gäste beobachtet werden. Als Fabio vorbeikam, schickte sie ein verzweifeltes Stoßgebet zum Himmel.

Doch ihr Draht nach oben erwies sich mal wieder als schlecht. Ihr Chef trat hinter sie, strich ihren Oberschenkel entlang, hob ihren Rock, betatschte ihren Hintern durch die Strumpfhose. Respektlos fingerte er sich Richtung Scheide vor und drang mit der Kleidung ein Stückchen in ihren Intimbereich. »In mein Büro, sofort!«, befahl er so laut, dass Luca es wahrscheinlich gehört hatte. Ela schloss vor Scham die Augen, aber leider wurde sie dadurch nicht unsichtbar. Spätestens jetzt würde Luca sicher herübersehen.

Sie war eine Idiotin! Warum hatte sie sich nicht mitten ins Lokal gestellt? Diese Frechheit hätte Fabio dort sicher nicht gewagt. Jetzt drehte er sich um und sah Ela süffisant an und machte eine auffordernde Kopfbewegung. Sie hatte keine Chance, sie musste ihm folgen, wenn sie nicht noch mehr Aufmerksamkeit auf sich ziehen wollte.

Auf zitternden Beinen folgte sie ihm.

Fabio setzte sich hinter seinen Schreibtisch, lehnte sich zurück und faltete die Hände hinter den Kopf. Elas Herz klopfte bis zum Hals. Was hatte sie sich da heute Morgen vor dem Spiegel wieder vorgemacht? Natürlich war ihr nicht gleichgültig, was Fabio dachte. Hatte sie vorher schon Respekt vor ihm gehabt, hatte sich das nach der Nacht bei Mario in Angst gewandelt. Verzweifelt versuchte sie, ihren Atem in den Griff zu bekommen. Wenn es ihr gelang, regelmäßig und tief zu atmen, würde sie sich etwas beruhigen.

»Seit wann ist es erlaubt, ein Halstuch zu tragen!?«, tadelte er. »Abmachen!«

Gehorsam entfernte Ela das Tuch. Sie biss sich auf die Lippen, während sie auf die Reaktion von Fabio wartete. Das Make-up hatte sich sicherlich vollständig ins Tuch gescheuert, der Fleck war vermutlich nicht zu übersehen.

»Sieh mal einer an! Da hat die Schlampe sich besteigen lassen ... und der Beschäler hat sie auch noch markiert.«

Das geht dich gar nichts an!, dachte Ela, sagte aber nichts, sondern senkte den Kopf.

»Mario hat recht, du bist vollkommen außer Kontrolle. Er wollte dich ja nie teilen, deshalb hat er dich wohl so schlecht erzogen! Die Zeiten der Principessa sind vorbei! Klar?!«

Jetzt war eigentlich ein ›Ja‹ gefordert, aber Ela biss sich tapfer auf die Lippen und schwieg.

»Du glaubst doch nicht im Ernst, dass du so einfach aus dieser Nummer rauskommst?«

Mit gesenktem Kopf harrte sie still aus, das Schweigen war aufsässig genug.

»Eine ganz schön freche Schlampe bist du. Mario hat dich viel zu sehr verwöhnt. Aber jetzt bin ich ja da und kann ihm beim Erziehen helfen. Das ist auch dringend notwendig.«

Das werden wir ja sehen, schoss es Ela durch den Kopf.

»Ich wollte dich ja schon immer ficken. Aber Mario wollte dich nur für sich, der Stronzo. Das hat er jetzt davon, eine widerborstige Schlampe, die mit anderen rumvögelt.«

»Ich hab nicht rumgevögelt, aber trotzdem mach ich das nicht mehr mit. Was könnt ihr schon dagegen tun?«, flüsterte sie heiser.

»Genau das hatten wir befürchtet. Deswegen sind wir vorbereitet. Komm und sieh dir das an.«

»Hier hin stellen«, befahl er. Sie stellte sich neben ihn, während der PC hochfuhr. Hilflos schloss sie die Augen und wünschte sich, dass sie sich wegbeamen könnte.

»Sie hin, Fotze!«, grunzte er, als er ein Video aufrief. Es zeigte eine Szene der Orgie bei Mario.

Ela musste hart schlucken, als sie ihr Gesicht deutlich auf dem Bildschirm erkannte. Sie schämte sich, denn man sah es ihr an, dass sie die geschickte Züngelei der Latexlady genoss.

»Fehlt nur noch eine passende Unterschrift. Vielleicht: *Sub-Schlampe leckt geile Fotze, während sie selbst gefickt wird*. Und dann laden wir dieses geile Filmchen im Internet hoch. Vielleicht gefällt es deinem neuen Hengst und er möchte demnächst auch mitmachen«, höhnte Fabio. »Sieh mal hier, zum Beispiel.«

Er hatte ein Portal mit vielen kleinen Videos aufgerufen. Man sah auf den ersten Blick, dass es sich um ab-

132

stoßende Pornos handelte. Sicher solche, an denen sich Mario zwischendurch aufgegeilt hatte, wenn er sie gefesselt alleinließ.

Ela hatte das Gefühl, ihr wurde der Boden unter den Füßen weggerissen. Doch dann besann sie sich, schließlich könnte sie die beiden einfach anzeigen.

»Ich weiß, was in deinem Köpfchen vor sich geht, aber das Denken solltest du besser deinem Herrn überlassen. Ruf nur die Polizei! Lass sie schön in der Scheiße wühlen, dann werden sie feststellen, dass sie eine Drogenkurierin am Haken haben. Bis dahin sind wir längst über alle Berge, und du gehst ins Gefängnis. Ich möchte ja zu gerne wissen, was deine sauberen Eltern über ihre brave Brut sagen ... und die süße Tochter erst.« Grinsend schüttelte Fabio den Kopf.

Ela wurde übel. Sie hatten sie in der Hand! Wieso war sie damals auch so naiv gewesen und hatte die vielen ›Aufbaupräparate‹ ausgeliefert? Erst hatte sie sich nichts dabei gedacht, obwohl manche ›Kunden‹ so gar nicht sportlich aussahen. Doch dann befürchtete sie, dass im Eiweißpulver illegale Substanzen versteckt sein könnten. Als sie das erkannte, war es aber schon zu spät. Damals hatte sie nur Angst, Mario gegenüber ungehorsam zu sein. Dennoch keimte das erste Mal der Gedanke in ihr auf, dass sie den Kontakt zu Mario eigentlich beenden müsste.

»So, ich hoffe, du siehst jetzt endlich ein, dass Ungehorsam zwecklos ist. Zieh die Bluse aus!«

Elas Hirn war wie weggeblasen, sie konnte keinen klaren Gedanken fassen und war praktisch gezwungen, alles über sich ergehen zu lassen. Mit zitternden Fingern folgte sie.

»Wenn du ab jetzt gehorsam bist, ist es schneller vorbei«, bestätigte Fabio ihre Befürchtungen, während er einen Stock aus einem der Schränke hervorholte.

»Hosen aus«, forderte er und streckte verlangend die flache Hand hin.

Sie tat, was er verlangte. Er nahm ihre Unterhose und stopfte sie mit einem »Mund auf« fast komplett in ihren Mund. Ela hatte das Gefühl, dass er ihr den Kiefer ausrenkte – es schmerzte höllisch. Ruppig zerrte er ihre Hände auf den Rücken und legte Handschellen an, auch das tat weh. Aber von diesem Schmerz wurde sie schnell abgelenkt, denn der Stock sauste brutal auf ihre empfindlichen Brüste und hinterließ dort einen brennenden Striemen.

»Dann wollen WIR dich mal markieren«, zischte Fabio, während er brutal zuschlug. Erst ein paarmal auf das Dekolleté, den Bauch und die Brüste. Bei jedem Schlag zuckte sie zusammen, der Stock tat entsetzlich weh.

»Demnächst erscheinst du hier ohne Unterhose und mit Strapsen, klar?«

Ela nickte. Patsch! Wieder sauste der Stock auf sie nieder, ihr wurde übel.

»Ich will dich jederzeit ficken!«

Wieder nickte sie und senkte demütig den Kopf.

Fabio beobachtete sie mit sadistischem Lächeln. Er schien umso zufriedener, je mehr Schmerz sie zeigte.

Als sie glaubte, sie würde gleich ohnmächtig, sollte sie sich vorbeugen und bekam Schläge auf den Hintern.

Sie zuckte bei jedem Schlag zusammen und betete, dass sie nicht erbrechen musste. Dennoch rechnete sie jeden Moment damit, dass sie in Ohnmacht fallen würde.

Irgendwann zerrte er sie an den gefesselten Armen wieder hoch, drehte sie zu ihm herum und zwang sie auf die Knie. Ihr war klar, er wollte geblasen werden. Zitternd öffnete sie seine Hose und holte sein erigiertes Glied heraus, während er ihren Knebel entfernte. Schmierig grinsend wedelte er mit seinem Schwanz vor ihrem Mund, den sie brav öffnete.

Kurz überlegte sie, ob sie hineinbeißen sollte – oder sogar abbeißen? Aber was sollte das bringen? Er würde sie halb tot schlagen – oder vielleicht sogar umbringen. Besser sie brachte es hinter sich und überlegte später, was sie tun sollte.

Würgend und sabbernd war sie gezwungen, wieder das Überlebensprogramm abzurufen. Ihr Speichel lief auf den teuren Teppich, als Fabio seinen Prügel immer wieder tief in sie hineinrammte. Sie hatte höllische Angst zu ersticken. Irgendwann hatte er genug und zerrte sie an den Haaren wieder hoch. Rüde warf er sie über den Schreibtisch und stieß rücksichtslos in sie hinein.

Diesmal war sie aber nicht feucht, sodass es trotz des Speichels an seinem Schwanz wehtat. Ihn schien das nicht zu stören, hart rammelte er gegen ihr Fleisch. Bei jedem Fick stieß sie mit den Oberschenkeln gegen die Schreibtischkante – das sollte wohl eine weitere Markierung sein.

Laut stöhnend entlud er sich, zog sich sofort zurück und trat sie weg.

»Verschwinde, du Fotze!«, ranzte er, während er sich mit ihrem Slip säuberte. Eilig zog sie ihre Bluse über und sammelte die Kleidung auf, die Fabio ihr hinwarf.

***

Luca schluckte schwer und schob den Teller mit den Spaghetti weg. Ihm war definitiv der Appetit vergangen. Mit gemischten Gefühlen hatte er festgestellt, dass er seit dem Aufwachen immer wieder an Ela denken musste. Der gestrige Nachmittag war so harmonisch verlaufen. Ela war so verdammt schön und roch dazu noch gut. Wieso hatte er so ein Gefühl der Vertrautheit bei ihr? Er hatte sich so sehr gefreut, sie auf ihrer Arbeit wiederzusehen.

Und dann musste er mit ansehen, dass sie sich von ihrem Chef begrapschen ließ. Das war zu viel! Die Tatsache, dass sie Fabio gefolgt war und jetzt nicht wieder kam, ließ ihn das Schlimmste vermuten. Eifersucht bohrte sich wie ein Samurai-Schwert in seinen Bauch und hinterließ das Gefühl von zerfetzten Gedärmen.

Er musste schnellstens seine Emotionen wieder kontrollieren. Diese Frau ließ offensichtlich jeden ran: Mario, Fabio, ihn und wer weiß wen sonst noch alles. Er wollte keine Schlampe ficken. Wenn eine Frau bedingungslos gehorchte, hatte er automatisch nur Verachtung für sie übrig. Er konnte die Sache drehen und wenden, wie er wollte. Sie war keine Frau für ihn.

Diese Erkenntnis ließ den Boden unter seinen Füßen schwanken. Andererseits war die Einsicht tröstend. Nahm sie ihm doch das Gefühl, dass er Ela auch auf eine gewisse Art missbrauchte. Sie hatte seine Gefühle doch gar nicht verdient!

Für einen guten Fick tut die doch alles, schoss ihm durch den Kopf.

Es würde ihr sicher nichts ausmachen, wenn er sie wieder verließ, nachdem er hatte, was er wollte. Ob er sie doch noch besteigen musste, um seine Fragen beantwortet zu bekommen? Luca seufzte. Auch darauf war ihm der Appetit vergangen.

Nur die süße kleine Lina, die war ein echtes Problem. Das Mädchen wollte er nicht enttäuschen.

Frustriert stand er auf und verließ das Lokal.

***

Ela trat auf den Flur, schloss die Bürotür und lehnte sich außer Atem dagegen. Was sollte sie als Nächstes tun? Zitternd stakste sie zur Toilette. Ihr Stresslevel war mittlerweile so hoch, dass sie überhaupt nicht mehr denken konnte.

Obwohl sie auf das Schlimmste gefasst war, erschrak sie, als sie in den Spiegel sah. Ihre Wimperntusche war verlaufen, das ließ sie wie ein hohläugiges Monster aussehen. Blöderweise hatte sie ihre Sachen nach dem Überschminken des Knutschfleckes heute Morgen nicht wieder in ihre Tasche getan. Sie nahm etwas Seife und wusch sich mit kaltem Wasser das Gesicht.

Die Kühle tat gut und mit dem Denken klappte es besser. Als Erstes entsorgte sie die Hosen. Ihre Tasche war nicht groß genug, um sie zu verstauen, und es war zu provokant, sie wieder anzuziehen. Für den Rest ihrer Schicht würde sie sich erst einmal unauffällig verhalten. Fabio sollte auf keinen Fall Verdacht schöpfen.

Angespannt beseitigte sie die letzten Spuren Schminke mit einem Papierhandtuch.

Es war zum Heulen, immer wieder wurden ihr Steine in den Weg gelegt und es war kein Ende abzusehen!

Sie war am Ende ihrer körperlichen Kraft, aber psychisch war ihr Wille seltsamerweise weiter gewachsen. Die Prügel hatten sie nicht kleingekriegt. Sie hatte nur die zwei Möglichkeiten: kämpfen oder aufgeben.

Sie würde aussteigen – auch wenn ihr damit ein dorniger Weg bevorstand.

KAPITEL 13 – ERKENNTNISSE

Wie zufällig kam Luca mit einem Müllbeutel aus dem Haus, als Ela aus dem Auto stieg und Richtung Haus ging. Er hatte geraume Zeit darauf gewartet, dass sie von der Arbeit nach Hause kam. Als Erstes fiel ihm ihr merkwürdiger Schritt auf, und dass sie keine Strumpfhose mehr trug. Nackte Beine als Bedienung in einem Lokal? Eigentlich ein No-Go. Warum hatte sie die Hose nicht wieder angezogen?

»Hallo Ela! Alles klar?«, fragte er. »Ich wollte nur noch mal sagen, dass mir der Nachmittag gestern super gefallen hat.«

Da fiel ihm auf, dass sie ungeschminkt war. Tiefe Augenringe, rote Lider und ein geschwollenes Gesicht. Sie sah gar nicht gut aus! Vielleicht war die Sache mit ihrem Chef ja gar nicht so, wie er sich das vorstellte? Aber dann könnte sie doch kündigen? Oder ihn anzeigen?

»Hallo Luca, ja, mir auch. Er war wunderschön. Entschuldigung, aber ich habe gerade keine Zeit«, murmelte sie nervös, ohne ihn anzusehen.

Luca schluckte, sie hatte noch nicht einmal ihre Schritte verlangsamt.

»Geht es dir eigentlich gut?«, rief er ihr hinterher.

Ela stockte einen Moment und drehte sich um. Kurz öffnete sie den Mund, als ob sie etwas sagen wollte, doch dann kniff sie die Lippen wieder zusammen.

»Ja klar, alles bestens. Ich habe nur gerade keine Zeit ... ehrlich«, beteuerte sie.

Luca sah sie skeptisch an, ihre Stimme klang nicht so locker, wie sie vorgab. Eher so, als ob sie jeden Moment losheulen wollte.

»Warum glaube ich dir nicht? Hab ich dir schon mal gesagt, dass ich ein guter Zuhörer bin? Willst du darüber reden?«

»Nein, nein, es ist nichts, ehrlich. Ich muss mich umziehen und dann Lina abholen.«

»Wann? Wann du Lina abholen musst, mein ich. Kommst du danach noch vorbei?«

»Das geht nicht«, nuschelte sie und wandte sich wieder ab.

Luca wurde mulmig, das gefiel ihm gar nicht. Er musste unbedingt herausfinden, was da los war. Vielleicht sprang ja sogar noch etwas an verwertbaren Informationen für ihn dabei heraus.

»Komm, ich hab mir heute Nachmittag extra freigenommen. Das kannst du nicht machen, nach diesem schönen Nachmittag gestern. Dann musst du wenigstens einen Kaffee mit mir trinken. Na los! Komm schon! Nur ganz kurz«, bettelte er.

»Na gut, aber wirklich nur einen Kaffee.«

»Natürlich! Komm rein!«

Sie betraten das Wohnzimmer, das durch eine Theke von der Küche getrennt war.

»Setz dich«, forderte Luca sie auf, während er den Kaffeeautomaten in Betrieb nahm.

Ela stand unschlüssig herum. »Wohin?«, fragte sie lächelnd.

»Wohin du magst«, ergänzte er. »Das Sofa dahinten ist höllisch bequem.«

Luca beobachtete Ela mit Argusaugen. Sie nickte und folgte der Empfehlung. Nur sehr langsam und vorsichtig setzte sie sich hin und zupfte sofort ihren Rocksaum herunter. Ihm wurde heiß und wieder kalt. Ob sie wieder verprügelt worden war? Es war nur eine Ahnung, die ihn nicht wieder losließ. Langsam stieg Wut in ihm hoch, was ihn vollends verwirrte. Er musste diese Emotionen loswerden, sie brachten ihn nicht weiter.

»Was für einen Kaffee möchtest du?«, fragte er, scheinbar gleichmütig.

»Am liebsten einen Latte Macchiato. Kann die Maschine den?«

»Selbstverständlich, kommt sofort die Dame«, antwortete er wie ein Kellner und nahm ein Glas aus dem Schrank. Sie beobachteten zusammen, wie die Maschine dampfend und unter lautem Zischen den Kaffee in das Glas spuckte.

Dabei wurde Luca sein Hunger bewusst. Er hätte sich die Spaghetti einpacken lassen sollen.

»Ich trinke auch einen«, antwortete er kurz entschlossen und stellte ein zweites Glas unter den Automaten.

»Wenn du Lust hast, nehme ich dich bald wieder einmal auf der Enduro mit«, schlug er vor, als er Ela das Getränk hinstellte. Danach holte er sich seinen Kaffee und setzte sich neben sie.

Sie zögerte mit der Antwort. »Ich weiß nicht«, stammelte sie und sah zu Boden.

»Ela? Irgendetwas stimmt doch nicht«, flüsterte er und zwang sie mit dem Finger unterm Kinn, ihn anzusehen.

Sie drehte den Kopf weg. »Ich will nicht darüber reden, okay?«, zischte sie und machte Anstalten aufzustehen.

»Okay, dann nicht«, beschwichtigte er sie und hielt sie am Arm fest. »Du brauchst natürlich nicht, wenn du nicht willst.«

Sie nahm ihr Kaffeeglas und trank hastig, sodass sie sich offensichtlich den Mund verbrannte.

»Fuck!«, fluchte sie und brach sofort in Tränen aus.

Luca sah sie einen Moment hilflos an, bevor er ihr stumm das Glas aus der Hand nahm und tröstend den Arm um sie legte. Kraftlos lehnte sie sich an seine Schulter und ließ ihren Tränen freien Lauf. Luca zog sie noch etwas fester an sich und streichelte ihr übers Haar.

»Ist schon gut, es wird alles gut«, murmelte er immer wieder.

Irgendwann wurden die Schluchzer weniger. Er rückte etwas ab und umrahmte ihr Gesicht mit seinen Händen. Dieses Häufchen Elend berührte sein Herz. Zärtlich küsste er erst ihre Tränen, dann ihren Mund. Aber nur ganz kurz – alles andere wäre für ihn nicht kontrollierbar.

Sie sah ihn dankbar an und lehnte das Gesicht wieder an seine Brust. Er umarmte sie fest und wiegte sie sanft.

»Ich weiß nicht mehr weiter, ich bin am Ende. Aber ich kann dir nicht davon erzählen«, schluchzte sie.

»Du musst nicht«, antwortete er leise und streichelte wieder ihren Kopf.

Ihr Schmerz wurde immer mehr zu seinem und er schien kein Ende zu nehmen.

»Komm, jetzt ist der Latte nicht mehr so heiß«, versuchte er hilflos, sie von ihrem Kummer abzulenken.

Sie nickte und nahm einen Schluck. Es schien sie tatsächlich etwas zu beruhigen.

Luca atmete durch. Dann suchte sie wieder Trost an seiner Schulter, die er ihr nur allzu gerne bot. Schweigend genoss er ihre Nähe, sie fühlte sich gut an. Er küsste ihr Haar, es duftete.

»Danke, dass du da bist«, flüsterte sie.

»Gern, das mach ich gern, du bist mir sehr wichtig.«

»Das ist so schön. So was bin ich nicht gewohnt, weißt du?«

»Manchmal braucht man einfach jemanden, bei dem man weinen kann. Ich auch.«

»Du auch?«, fragte sie und sah zu ihm hoch.

»Ja, aber das ist schon lange her«, begann er. In Lucas Innerem jubelte es. Jetzt war der perfekte Moment, die Karten auf den Tisch zu legen. »Als mein Bruder starb.«

»Dein Bruder ist tot? Wie schrecklich! Hattest du da auch niemanden zum Reden?«

»Nicht wirklich ... ich war so wütend.« Die Erinnerung setzte Luca zu. War er eben noch froh, Ela möglicherweise Informationen entlocken zu können, waren seine Gedanken plötzlich voller Groll.

Sie setzte sich auf, sah ihn mitfühlend an und streichelte über seine Wange. Sein Herz zog sich zusammen. Ihr ging es schlecht und trotzdem interessierte sie sich für seinen Schmerz.

»Es ist schön, dass du da bist«, sprudelte er hervor. Ihre Augen funkelten liebevoll, der warme Blick durchflutete sein Herz. Wie von selbst fanden sich ihre Münder zu einem innigen Kuss. Eine lange, zärtliche Verbindung voll gegenseitigem Trost.

»Wieso bist du eigentlich immer noch wütend?«, fragte Ela, nachdem sie den Kuss beendet hatten.

Luca schluckte. »Die Verantwortlichen wurden nie zur Rechenschaft gezogen. Die Bullen haben versagt. Aber ich versuche, daran zu arbeiten«, antwortete er und streichelte ihre Wange. »Es ist so ... es ist ... für mich ist er ermordet worden und das kann ich nicht vergessen.«

Ela blieb erschreckt der Mund offen. »Ermordet? Und die Polizei hat den Mörder nicht gefunden?«

»Na ja, ganz so einfach ist es nicht. Aber ja, die Polizei konnte angeblich nichts machen.«

»Warum?«

»Er ist an einer Lungenembolie gestorben.«

»Aber das ist ja auch kein Mord.«

»Für mich in seinem Fall schon.«

Luca stand auf und holte sich seine Zigaretten. »Ich darf doch?«, fragte er und hielt die Schachtel hoch.

»Nur wenn ich auch eine bekomme.«

»Du rauchst?«

»Eigentlich nicht mehr, seit ich mit Lina schwanger war. Nur manchmal ... in Ausnahmesituationen.«

»Wie dieser hier?«, ergänzte Luca und hielt ihr die Schachtel hin.

»Genau, wie dieser hier«, bestätigte Ela, bevor sie ihre Zigarette mit dem Feuerzeug anzündete, das ihr Lucas hinhielt. Tief sog sie den ersten Zug in ihre Lungen und stieß den Rauch mit geschlossenen Augen wieder hinaus.

»Ich hoffe, ich bringe dich nicht gerade wieder drauf?«, fragte Luca besorgt.

»Nein, keine Angst ... so einmal im Monat rauche ich ... das habe ich schon immer gemacht.«

»Na, dann bin ich ja beruhigt«, stellte er erleichtert fest und zündete sich seinen Glimmstängel an.

»Erzähl weiter«, forderte sie ihn auf. »Warum siehst du es trotzdem als Mord?«

Er inhalierte tief und überlegte, wie er anfangen sollte. »Hast du schon mal von EPO gehört?«, fragte er als Einleitung. Da sie mit Mario zusammen war, ging er davon aus, dass sie darüber Bescheid wusste.

»Gehört schon, aber ich weiß nicht viel darüber.«

»Ein körpereigenes Hormon, das die Produktion der roten Blutkörperchen erhöht und damit die Sauerstoffversorgung im Körper verbessert.« Er beobachtete Ela genau, während er an seiner Zigarette zog. »Als Medikament eingenommen, kann man damit seine sportliche Leistung steigern. Doping«, ergänzte er.

»Okay ... und was hat das mit deinem Bruder zu tun?«

Luca legte die Stirn in Falten, während er die Asche in den Aschenbecher schnippte. So konnte nur jemand reagieren, der von Marios illegalem Dopingmittelverkauf nichts wusste. Es sei denn, sie war eine grandiose Schauspielerin, was er nicht glaubte. Oder war es ihr egal?

»Hm, dann muss ich wohl weiter ausholen«, erklärte er und zog noch einmal gewaltig an seiner Zigarette. Die Glut näherte sich bedenklich dem Filter.

»Wir haben als Kinder alle Mountainbike gefahren, Ciro, Valentino und ich.«

»Valentino ist der verstorbene Bruder, nehme ich an?«

»Genau, und er war der Talentierteste von uns Dreien. Während wir, Ciro und ich, später auf Motocross umschwenkten, weil unser Vater früher auch Rennen fuhr, blieb er dem Bike treu. Er wollte Profi werden.«

»Du bist früher Rennen gefahren?«

»Ja, bin ich.«

»Warum hast du aufgehört?«

»Weil meine Mutter nach dem Tod eines Sohnes, nicht noch einen weiteren verlieren wollte.«

»Dein Bruder ist verunglückt und du durftest nicht mehr fahren? Bist du deswegen wütend? Ich kann die Angst deiner Mutter gut verstehen. Es muss schrecklich sein, ein Kind zu verlieren.«

»Nein, das ist schon okay. Wir wären sowieso nicht gut genug gewesen, um ganz vorne mitzufahren. Aber darauf will ich nicht hinaus.« Fast brannte der Filter, als er den letzten Zug an seiner Zigarette nahm. Er drückte

146

sie gründlich im Aschenbecher aus, bevor er weitersprach.

»Unter Radfahrern ist illegales EPO-Doping sehr verbreitet.«

»Davon hab ich schon mal gehört.«

Sie schien immer noch nicht zu verstehen und sah ihn aufmerksam an.

»Die roten Blutkörperchen verklumpen leichter. Das führt zu Thrombosen und dadurch kann man leicht eine Lungenembolie bekommen.«

»Und du glaubst, dein Bruder hätte EPO genommen? Aber das kann man doch rauskriegen, werden nicht alle Fahrer auf Doping kontrolliert?«

»Das kann man nur bis zu vier Tagen nach der Einnahme nachweisen, die Wirkung hält aber bis zu siebzehn Tage an.«

»Vier Tage sind nicht lang.«

»Genau. Und beweisen kann man das danach nicht mehr.«

»Und du meinst, dein Bruder ist daran gestorben? An illegalem Doping? Das tut mir leid.« Mitfühlend legte Ela die Hand auf Lucas Arm. »Aber warum bist du wütend, du kannst doch nichts dafür?«

»Mich macht es wütend, weil ich nichts dagegen unternehmen konnte! Er ist von diesem Dealer, seinem Trainer, falsch beraten worden!« Luca hatte die Hände zu Fäuste geballt.

»Glaubst du? Das wäre dann aber ziemlich skrupellos. Hättest du es wirklich verhindern können? Dein Bruder kannte doch sicher die Risiken.«

»Ich vielleicht nicht ... oder doch, ich hätte ihn eindringlicher warnen müssen«, seufzte er und rieb sich über die Augen. »Mehr mit ihm darüber sprechen, dass es das Risiko doch gar nicht wert ist.«

»Glaubst du, dass er auf dich gehört hätte?«

»Ich kannte seinen Trainer und wusste, wie rücksichtslos er ist. Er hat ihm das Zeug besorgt und ihn nicht gewarnt, dass er viel zu viel davon nimmt. Wahrscheinlich hat er es sogar empfohlen.«

»Das ist alles herzzerreißend traurig, aber wenn die Polizei gegen ihn nichts in der Hand hat, kannst du doch auch nichts dagegen tun.« Ela hatte ganz vergessen, weiter an ihrer Zigarette zu ziehen. Schnell drückte sie den Stummel, der im Aschenbecher lehnte, aus.

»Aber du!« Luca sah auf.

»Ich? Wieso? Wie?«

»Du kannst an Beweise gegen ihn kommen. Dieser Scheißkerl verkauft so ziemlich alles an illegalen Substanzen, was man haben will. Nicht nur Dopingmittel, auch alle Arten von Drogen. Alle im Auftrag der Mafia. Mit diesem illegalen Dopingmittelverkauf hat dieser Dreckskerl von Mario Trevisano seinen Handel angefangen«, sagte er und sah sie eindringlich an.

Ela richtete sich auf und lief knallrot an. »Woher weißt du von Mario? Er und Mafia? Das kann ich gar nicht glauben!«

»Vielleicht du nicht, aber ich. Und dieser Hurensohn Fabio Lucciano wäscht die Kohle!«, schrie er aufgebracht, als ob sie daran Schuld hätte.

»Moment mal! Moment mal!« Ela hob abwehrend die Hände. »Du spionierst sie aus, weil du denkst, sie haben etwas mit der Mafia zu tun?«

»Und weil sie etwas mit dem Tod meines Bruders zu tun haben.«

»Und ich ... und Lina ... jetzt wird mir alles klar!«, rief Ela aufgebracht und legte die Hand vor die Stirn. »Du ziehst in unsere Nähe, um besser an Informationen zu kommen!?«, schrie sie hysterisch und sprang auf.

Luca schluckte und sah sie fassungslos an.

»Es ist aber nicht so, wie du denkst«, versicherte er.

»So? Was denk ich denn? Dass du mit unseren Gefühlen spielst und uns nur ausnutzen willst?«

Ihm wurde flau. Das Blut schoss ihm in den Kopf. Was machte er denn da? Das schlechte Gewissen legte ein Eisenband um seine Brust. Aber jetzt hatte er die Katze aus dem Sack gelassen, die war nicht mehr einzufangen. Da half nur noch die Flucht nach vorne.

»Nein bitte, Ela!«, flehte er und ergriff ihre Hand. »Das ist so nicht richtig. Vielleicht kannst du Informationen liefern, um die Scheißkerle dingfest zu machen.«

»Nicht richtig!?«, zischte sie. »Warum hast du dann nicht von Anfang an mit offenen Karten gespielt? Scheiße! Ich hätte fast mit dir geschlafen!« Sie biss vor Wut so fest ihre Kiefer zusammen, dass Luca ihre Muskeln zucken sah. Die Adern an ihrem Hals schwollen bedrohlich an.

»Du spielst mir Gefühle vor! Machst einen auf zärtlicher Liebhaber und willst dabei nur an Informationen? Wenn ich sie dir besorgen würde, wäre mein Leben gefährdet! Und Linas dazu! Hast du das auch überlegt?! Aber nein, das ist dir ja scheißegal!«

Luca fühlte sich so schlecht wie noch nie in seinem Leben. Sie hatte recht. Dass er auch andere gefährden könnte, war ihm jetzt erst klar geworden.

Wütend riss Ela sich los.

Patsch!

Mit überraschender Kraft schlug sie ihm ins Gesicht. Er schloss die Augen und dankte ihr dafür – still. Der alte Hass hatte ihn nicht richtig nachdenken lassen, dabei wollte er doch die Emotionen draußen lassen. Wie konnte das passieren? Er war ein verblendeter Idiot!

»Sieh dir an, was die Scheißkerle mit mir machen!«, rief sie und riss die Druckknöpfe ihrer Bluse auf.

Luca blieb die Luft weg, als er die Blessuren auf ihrem Körper sah. Mit so starken Spuren hatte er nicht gerechnet.

»Und da glaubst du wirklich, dass ich auch nur einen winzigen Hinweis geben könnte? Wie denn?«, höhnte sie. »Weißt du was? Das größte Arschloch von allen, das bist du! Die machen wenigstens keinen Hehl daraus, dass sie mich benutzen!«

Wie giftige Pfeile schleuderte sie ihm die Worte an den Kopf, sie stachen im Brustkorb und raubten ihm den Atem. Wie gelähmt saß Luca immer noch auf dem Sofa und starrte sie erschrocken an.

»Aber ich wollte dich nicht benutzen ... und verletzen schon gar nicht«, stammelte er.

»Hast du aber!«, presste sie heraus. »Verschwinde du Schwein! Geh zurück in das Loch, aus dem du gekrochen kamst ... du Stück Scheiße!!!«

Mit diesen Worten drehte sie sich um und stapfte zur Tür.

»Mama mia! Dicke Luft zwischen dem neuen Traumpaar?«, fragte Ciro, der gerade vor der Tür stand, als Ela die ungestüm öffnete. Sie schubste den verdutzten Ciro grob beiseite, um sich den Weg zu bahnen.

Beide sahen ihr fassungslos hinterher.

»Sehr ... ähm ... temperamentvoll, die Kleine.« Ciro blickte seinen Bruder fragend an.

»Ciro«, stöhnte Luca. »Ich hab Scheiße gebaut. Sie hat recht. Ich bin der größte Kotzbrocken auf diesem Erdball.«

Ciro schüttelte ungläubig den Kopf. »So viel Selbstreflektion hatte ich dir zum Schluss gar nicht mehr zugetraut«, spottete er, als Luca vor Scham sein Gesicht in den Händen verbarg.

»Wir müssen hier wieder ausziehen«, seufzte Luca.

»Nee nä! Echt jetzt?«

»Doch! Komm, wir müssen darüber reden.«

Kapitel 14 – Versagt

Ciro zuckte zusammen, als Ela die Haustür zuknallte. »Was ist denn hier los?«, fragte er. »Was hast du angestellt?«

»Ich war heute wieder bei Fabio.«

»Du kannst es nicht lassen, Mann. Und?«

»Ich wollte ... na ja, auch weil ich mit Ela an gestern anknüpfen wollte.«

»An gestern?« Ciro musterte seinen Bruder mit fragendem Blick. »Scheiß die Wand an! Da ist was zwischen euch passiert?!«, rief er erfreut. Mit wissendem Grinsen klopfte er seinem Bruder auf die Schulter. »Siehst du? Ich wusste es! Du bist eher ihr Typ.«

Luca schnaubte frustriert und schüttelte den Kopf. »Jeder ist anscheinend ihr Typ«, murmelte er. »Dachte ich jedenfalls.«

Ciro schlug sich mit der flachen Hand vor die Stirn. »Was? Was faselst du da? Jetzt spuck schon aus, was passiert ist!«

»Ich hab mich wirklich gefreut, Ela wiederzusehen.«

»Das ist doch toll, Mann! Ich freu mich für dich!«

»Und dann kam ihr Chef, begrapschte ihren Hintern und sie folgte ihm ins Büro ... danach kam sie nicht wieder.«

»Und deswegen glaubst du ...?«

»Klar, hat sie auch.«

»Hast du sie etwa gefragt, Casanova?«

»Nein!«, grummelte Luca genervt.

»Aber warum ist sie dann so ausgerastet?«

»Ich war so eifersüchtig. Ein Gefühl, das du ja nicht kennst.«

»Klar kenn ich das. Auf dich und Viola war ich damals echt eifersüchtig. Glaub mir, ICH hätte mich mit der Mafia angelegt. Ich schwöre«, lachte er und hob eine Hand zum Schwur.

»Du bist ein Spinner«, murmelte Luca.

»Ja? Da hast dus! Nur Dummköpfe legen sich mit der Mafia an«, feixte Ciro. »Also, du bist dann da reinge-platzt, als sie mit dem Chef ... oder was?«

»Nein, ich bin abgehauen ... ich war so was von sau-er.«

»Typisch Luca. Und dann?«

»Dann wollte ich es trotzdem versuchen, ihr ein paar Informationen entlocken.«

»Oh Mann, ich ahne Schlimmes.«

»Ich hab ihr die Geschichte von Valentino erzählt. Sie hat gleich geschnallt, warum ich ihre Nähe gesucht habe.«

»Verstehe«, murmelte Ciro und rieb sich am Kinn.

»Es ist ... ich dachte ... sie ...«

»Würde mit ihrem Chef vögeln«, beendete Ciro den Satz. »Und hat sie?«

»Keine Ahnung. Wenn, dann wohl nicht freiwillig«, seufzte Luca.

»Waaas? Und sie lässt sich das gefallen?«

»Sieht so aus ... könnte man jedenfalls denken. Du weißt ja, was für ein Problem ich mit so was habe.«

»Jep«, bestätigte Ciro nickend. »Was hat sie denn dazu gesagt? Hast du sie darauf angesprochen? Vielleicht kannst du ihr ja irgendwie helfen?«, fragte er, während er sich einen Espresso machte.

»Sie wollte nicht darüber reden. Ich weiß nur, dass sie unglücklich war.« Luca zündete sich noch eine Zigarette an.

»Mal ehrlich. Würdest du mit einem praktisch Fremden darüber reden wollen, wenn dich dein Chef bedrängt und womöglich vergewaltigt hat?«, fragte Ciro und setzte sich mit dem Espresso neben seinen Bruder.

Luca zog gierig an der Zigarette, bevor er weiterredete. »Schlimmer. Sie ist verprügelt worden und ich werde das Gefühl nicht los, dass sie sich das gefallen lässt. Ich meine, jeder normale Mensch würde doch zur Polizei gehen, oder? Und jetzt frage ich dich: Was für einen Grund kann man da haben?! Ach! ... Ach, ich weiß nicht. Es ist alles ... es ist kompliziert und verworren. Ich weiß überhaupt nicht mehr, was ich denken soll«, erklärte Luca.

Ciro sog scharf Luft ein, während er seinen Espresso umrührte.

»Und dein kleiner Freund hilft dir auch nicht gerade beim Denken«, spottete Luca grinsend und streifte den Löffel am Tassenrand ab.

»Ich weiß auch nicht, was mit mir los ist«, stöhnte Luca und rieb sich über die Augen. »Ich hab mich da vollkommen verstrickt. Was soll ich tun?«

»Na ja ... was soll ich sagen? Du bist ein Idiot ... Stronzo! Aber das hatten wir ja schon. Du hast die Verhältnismäßigkeit schon lange verloren. Irgendwann fliegen die beiden Gauner auf. Und weißt du warum? Weil sie zu dumm sind!« Mit einem Schluck kippte Ciro seinen Kaffee.

»Vielleicht, aber ich hab schon so viel investiert«, murmelte Luca. »Ich wills einfach nur souverän beenden.«

»Und nun macht dir dein Herz einen Strich durch die Rechnung«, ergänzte Ciro. »Ich kann dir sagen, warum es nicht funktioniert. Weil es falsch ist! Solch einen Mist können nur Leute ohne Gewissen durchziehen.«

»Quatsch! Man kann es drehen und wenden, wie man will, irgendwie ist sie involviert. Und wenn ich eins und eins zusammenzähle, dann ist sie aus irgendeinem Grund erpressbar. Selbst wenn sie anders ist, als ich gedacht habe. Sie ist keine Frau für mich. Es war nicht richtig, sie über das Kind zu gewinnen.«

»Aber auf ihren Gefühlen darf man herumtrampeln? Hörst du dir eigentlich mal selber zu?«

»Ich weiß doch nicht einmal, was sie für mich empfindet.«

»Oh! Risiko! Der standhafte Luca gerät ins Wanken! Die Weltordnung ist gefährdet!«, verkündete Ciro pathetisch und wedelte mit den Armen.

»Soll ich jetzt eine Hundertachtziggradwendung machen? Nein, es ist besser, ich bleibe bei meinem Plan.«

»Merkst du nicht, dass dein Plan schon lange gescheitert ist? Wenn du keine Gefühle für sie hättest, dann hätte es *vielleicht* geklappt. Aber leider ist sie anders, als du gedacht hast. Was meinst du wohl, warum ich vorgeschlagen habe, dass *du* ihr näherkommen solltest? Damit du endlich erkennst, dass deine Idee Schwachsinn ist. Oder was ist genau mit Mario ... oder mit dem Chef? Du glaubst doch nicht, dass sie mit dir rummachen würde, wenn sie ein echtes Verhältnis zu einem der beiden hätte.«

»Das weiß ich nicht so genau ... wahrscheinlich ... denke ich. Aber ...«, stammelte Luca nachdenklich.

Ciro schnaubte. »Was aber?«

»Ich glaube, sie ist gezwungen worden. Sie haben sie verprügelt ... wie gesagt, ich habe den Eindruck, sie wird erpresst.«

»Würde zu den Dumpfbacken passen.«

»Aber warum lässt sie sich das alles gefallen? WARUM? Ich bin so durcheinander ...«

»Du bist verliebt!«

»Quatsch, ich schäme mich so.«

»Ich wette, du schämst dich so, dass es in der Herzgegend wehtut.«

Luca seufzte. »Scheiße!«

Ciro lachte laut auf. »Siehst du, ich kenn dich doch. Ich weiß, wann du verliebt bist.«

»ICH BIN NICHT VERLIEBT!«

Ciro hob die Hände. »Wie du meinst.«

»Trotzdem, ich gebs zu, meine Aktion war blöd. Wir ziehen hier wieder weg!«

»Spinnst du, Mann? Wir haben noch nicht einmal alle Kartons ausgepackt! Mir gefällt es hier«, schimpfte Ciro.

»Hier ist es genauso gut wie anderswo.«

»Oh nein!« Ciro hob abwehrend die Hände. »Mit Kira, ein paar Häuser weiter ... mit der könnte es echt was werden.«

»Waaas?!«, Luca entglitten die Gesichtszüge.

»Du hast mich schon verstanden. Sie ist echt heiß ... und etwas Besonderes.«

»Du hältst mir Vorträge, ich sei verliebt und bist es selbst? Du willst doch nicht etwa solide werden?«

»Vielleicht ... Warum nicht? ... Schließlich will ich auch irgendwann mal Bambinis. Hier wäre eine super Gegend dafür. Mir gefällt es hier.«

»Das haut mich jetzt echt aus den Socken«, stöhnte Luca und schlug sich vor den Kopf.

»Du solltest langsam auch mit der Vergangenheit abschließen und irgendwo ankommen.«

»Vielleicht, aber nicht hier. Hier ist alles zu verfahren!«

»Wenn du meinst. Ich finde, du solltest das mit deinen Gefühlen klären. Du kannst dir nicht ewig etwas vormachen. Versuchs doch! Man kann vor seinem Schicksal nicht weglaufen.«

»Sag mal, was machst du mit dieser Kira so? Kitschfilme ansehen? Solche Scheiß-Schmonzettenphrasen kenn ich von dir sonst nicht«, grummelte Luca mit einer abwertenden Handbewegung.

Ciro grinst. »Ich glaube, du siehst dagegen zu viele Western.«

»Ich geh mal eine Zeitung kaufen«, verabschiedete sich Luca und ging zur Tür. »Heute ist der Immobilienteil drin.«

»Ich fass es nicht! Du meinst es wirklich ernst!«, schimpfte Ciro und wedelte aufgeregt mit den Händen.

»Ich hab es dir doch eben gerade erklärt! Was denkst du denn?«, gab Luca aufgebracht zurück.

»Ich denke, dass ich hierbleiben werde, notfalls auch allein«, zischte Ciro.

»Allein in einem ganzen Haus, das ist doch viel zu teuer. Aber wie du willst, dann ziehe ich eben allein aus.«

»Mach doch ... Idiota ... Ciao!«

»Ach!«, brummte Luca und knallte mit der Tür.

***

Ela nahm die Heilsalbe aus ihrer Handtasche und schraubte die Tube auf. Der Inhalt würde kaum für alle misshandelten Flächen reichen, aber zwei Tuben kaufen hatte sie sich nicht getraut. So konzentrierte sie sich auf die schlimmsten Stellen.

Nachdenklich rieb sie sich die Creme auf die Haut. Die würde sicher schnell heilen, aber die Blessuren auf ihrer Seele vielleicht nie. Sie seufzte. In Sachen Männer war sie eine Versagerin, da brauchte sie sich keine Illusionen mehr zu machen. Vielleicht sollte sie switchen und zur Abwechslung mal die Männer verprügeln, da gab es schließlich auch Bedarf.

Sie musste lächeln. Nein, sie würde sich nicht kleinkriegen lassen! Auch auf die Gefahr hin, dass es unangenehm würde, sie würde nie mehr zu Mario und auch nicht zur Arbeit gehen. Was konnte schon groß passieren? Sie hatte mindestens so viel in der Hand gegen die beiden, wie die gegen sie. Ela legte die Salbe weg, richtete sich auf und atmete tief durch. Morgen war der erste Tag ihres neuen Lebens – ohne Männer.

Sie ging zur Kommode und kramte in einer Schublade. Da waren ja die Zigaretten! Sie hatte wirklich schon lange keine davon geraucht. Auch, weil Mario es nicht mochte. Aber vorhin hatte sie das Saugen an der Zigarette so schön beruhigt. Irgendwie hatte sie das Gefühl, dass sie es wieder brauchte. Sie seufzte, auch da hatte sie versagt. Sie öffnete das Fenster, bevor sie sie anzündete und das Feuerzeug in die Jeanstasche steckte. Ela setzte sich auf die Fensterbank, winkelte ein Bein an und ließ das andere baumeln, während sie nachdenklich den Rauch aus dem Fenster blies.

Zum Glück war sie noch nicht richtig in Luca verliebt. Dennoch musste sie immer wieder an die schönen Momente mit ihm denken. Wie diesen romantischen Moment in seinem Garten, praktisch ihren ersten Kuss. Oder im Fußballstadion, da hatte es sich angefühlt, als wären sie eine richtige Familie. Die Motorradtour mit ihm würde sie niemals wieder vergessen. Seine Blicke, seine Küsse, die Zärtlichkeiten. Das alles hatte ihr eine neue Welt eröffnet und eine Ahnung davon gegeben, was mit echter Liebe alles möglich war. Leider war dieser Luca nur eine Fata Morgana in der Wüste.

Nein, sie war nicht verliebt!

Dieser dumme Bauchschmerz kam sicher nur davon, dass sie immer noch nichts gegessen hatte – ebenso dieses Leeregefühl. Ela seufzte, und schnippte die ausgedrückte Zigarette in Lucas Garten. Sie würde jetzt erst mal etwas essen.

»Hast du nichts auf der Arbeit gegessen?«, fragte ihre Mutter.

Ela zuckte zusammen. Sie schmierte sich in der Küche gerade ein Brot.

»Alles in Ordnung, Kind?« Ihre Mutter trat an sie heran und schaute ihr kritisch ins Gesicht.

»Ja, wieso?«

»Du wirkst in letzter Zeit so fahrig und nervös.«

»Es ist alles Okay ... soweit. Nur werde ich ab morgen nicht mehr zur Arbeit gehen.«

»Also doch nicht alles Okay. Das hat doch sicher seinen Grund?«

»Ja, Fabio, mein Chef, will mir nicht mit den Schichten entgegenkommen.«

»Das ist alles? Deshalb gehst du von heute auf morgen nicht mehr zur Arbeit? Noch ist es doch gar nicht so weit. Dein Studium fängt ja erst in ein paar Wochen an.«

»Egal!«, grummelte Ela. »Ich versteh mich mit meinem Chef nicht mehr so gut.«

»Ich hab dir ja immer gesagt, einen Chef duzen ist keine gute Idee. Was ist denn vorgefallen?«

»Wir duzen uns da alle, Mama. Warum bist du so neugierig? Du weißt, ich mag das nicht!«

»Ist ja schon gut! Ich mache mir doch nur Sorgen, weil du wirklich nicht gut aussiehst. So erschöpft. Du gefällst mir nicht, Kind. Vielleicht wirst du krank?«, erklärte die Mutter und strich besorgt über Elas Stirn.

Ela zuckte genervt zurück. »Ja, vielleicht. Dann ist es ja sogar gut, wenn ich nicht mehr zur Arbeit gehe.«

Ihre Mutter seufzte. »Ich war so froh, damals, dass du endlich Arbeit hattest. Aber zur Uni gehst du doch, oder?«

»Ja klar. Ich werde mir auch eine neue Arbeit suchen. Eine, die ich besser mit meinen Vorlesungen kombinieren kann«, sagte Ela, lud ihr Brot aufs Brett und wandte sich zum Gehen.

»Soll ich Lina heute holen? Dann kannst du dich ein bisschen hinlegen«, schlug ihre Mutter vor.

»Das wäre echt lieb von dir. Ich könnte wirklich etwas Ruhe gebrauchen.« Endlich schaffte es Ela, ihre Mutter anzulächeln.

Aber trotz des Brotes und der Ruhe fanden ihre Gedanken keinen Frieden. Die Ungewissheit nagte an ihr. Erst in ein paar Tagen würde sie wissen, ob ihre Peiniger die Sache auf sich beruhen ließen. Und wenn sie es endlich geschafft hatte, aus diesem Gedankenkarussell auszusteigen, schlichen sich prompt wieder welche an Luca ein. Es war zum Mäusemelken. Sicher würde irgendwann alles gut werden, daran musste sie nur glauben. Aber wann? Seufzend fragte sie sich, ob ihre Kräfte dafür reichten.

***

Luca starrte aus dem Küchenfenster auf die Auffahrt des Nachbarhauses. Er hatte Ela gestern nicht mehr gesehen. Dabei hatte sie doch gesagt, sie wollte ihre Tochter abholen.

»Buongiorno«, murmelte sein Bruder mürrisch, als er hereinkam. »Sag mal, bist du dort festgewachsen? Seit gestern sitzt du da und stalkst unsere Nachbarn.«

»Halts Maul und kümmre dich um deine eigenen Sachen«, brummte Luca zurück.

»Oh! Warum so empfindlich? Du hast dir zwar die Zeitung gekauft, aber noch nicht hineingesehen.«

»Was interessiert es dich? Das sollte dich doch freuen.«

»Tut es auch. Außerdem sucht man heute im Internet nach Wohnungen.«

»Danke für den Tipp! Wars das?«

»Wenn ich bitte noch in meiner Küche frühstücken dürfte?«, fragte Ciro und machte sich am Kaffeeautomaten zu schaffen. »Willst du auch einen?«

»Ja«, brummte Luca.

»Ein *Danke* wäre wohl zu viel verlangt, oder? Darf ich dir vielleicht auch ein Brot schmieren?«

»Tu, was du nicht lassen kannst.«

»Du bist wirklich ein hoffnungsloser Fall. Weißt du das?«

»Musst du mich so zutexten?«

»Willst du heute auch so den Kunden gegenübertreten?«

162

»Könntest du heute den Laden noch mal allein machen?«

»Spinnst du? Seit Tagen lässt du mich mit der Arbeit im Stich! Es ist zu viel, um sie allein zu schaffen. Das weißt du ganz genau«, schimpfte Ciro und stellte seinem Bruder den Kaffee hin. Danach fing er an, sich ein Brot zu schmieren.

»Verrätst du mir, was diese Observierung bringen soll?«

»Ich mache mir Sorgen um Ela. Ich möchte nur wissen, ob es ihr gut geht.« Das schlechte Gewissen hatte ihn nicht schlafen lassen. Die ganze Nacht hatte er überlegt, wie er seinen Fehler wieder gutmachen könnte. Ständig waren ihm dabei die Szenen der letzten Tage durch den Kopf gewandert. Diese Gedanken waren einfach nicht zu vertreiben. So schwelgte er im kleinen Familienglück im Stadion und Freizeitpark, erinnerte sich an den romantischen Moment im Garten. Er konnte ihren Duft geradezu wahrnehmen, sah das Leuchten in den Augen beim Motorradausflug.

Aber am meisten nagte der verzweifelte Auftritt von gestern an ihm. Luca seufzte, er hätte fragen müssen, ob er helfen konnte, sie schützen, statt sie auszuhorchen. Wie sie sich wohl fühlte?

Zu gerne würde er sie noch einmal in den Arm nehmen und küssen – seeehr lange küssen. Sie ganz langsam ausziehen, ihre warme, weiche Haut genießen, bevor er mit ihr schlafen würde. Ganz zärtlich, um all die Grobheit, die ihr angetan wurde, wiedergutzumachen.

Er fühlte sich so schlecht wie noch nie in seinem Leben. Aber dieses Leeregefühl und die Übelkeit kamen sicher vom Hunger.

Er nahm Brett und Messer, um sich auch ein Brot zu schmieren. Als er hineinbiss, stellte er fest, dass er überhaupt keinen Appetit hatte. Angewidert schob er es wieder weg.

»Liebeskummer nimmt den Appetit, nicht wahr?«, spottete Ciro.

»Wann willst du eigentlich endlich mal die Klappe halten?«, fluchte Luca.

»Wenn du von deinem hohen Ross runterkommst und dir eingestehst, dass du dich in unsere Nachbarin verliebt hast.«

»Wenn schon! ... Was bringt mir das?«

»Interessant«, murmelte Ciro und grinste. »Hast dus endlich eingesehen?«

»Das ist doch egal! Ich habs verkackt, klar?«

»Ja, da wirst du dich eben etwas anstrengen müssen.«

»Wenn das nur so einfach wäre. Hat nicht jeder so ein sonniges Gemüt wie du«, brummte Luca.

»Ist auch nicht jeder so ein Pflegefall wie du.«

KAPITEL 15 – ES WIRD NIEMALS ENDEN

Obwohl sie gestern gleich im Bett geblieben war, fühlte sich Ela am nächsten Morgen unausgeschlafen, wie durch den Wolf gedreht. Erst gegen Mittag hatte sie sich aus dem Bett geschleppt, einen Kaffee getrunken und etwas gegessen. Es schmeckte nicht und besser fühlte sie sich auch nicht.

Außerkörperliche Erfahrung, jetzt war ihr klar, was das bedeutete. Sie fühlte sich unvollständig, taub und hohl.

Ständig starrte sie auf ihr Handy, insgeheim wartete sie auf eine Reaktion von Fabio. Aber eine Nachricht blieb aus. Unfähig, irgendetwas zu machen, saß Ela in der Küche, starrte Löcher in die Luft und wartete, bis Lina abzuholen war. Gleich müsste auch ihre Mutter von der Arbeit zurück sein, sie sollte sich verkrümeln. Es wäre gut, wenn sie besser deckendes Make-up hätte, dann könnte sie sich die Augenringe überschminken.

Sie schnappte sich die Schlüssel vom Board und lief zum Auto. Wie zufällig kam Luca aus dem Haus. Ela kniff ihre Augen zu Schlitzen, das war mit Sicherheit kein Zufall.

»Ela!«, rief er und eilte in ihre Richtung. Ela beschleunigte ihren Schritt. »Ela, warte doch!«

Sollte sie anhalten? »Was!?«, giftete sie, drehte sich um und warf Luca einen vernichtenden Blick zu.

»Geht es dir gut?«, fragte er außer Atem. Man konnte ihm ansehen, dass nicht nur die schnellen Schritte, sondern auch Aufregung seine Atemfrequenz beschleunigte.

»Was denkst du? Blendend!«, warf sie zurück und stieg in das Auto.

»Es tut mir leid, was gestern passiert ist. Kann ich dir irgendwie helfen?«

»Nein danke! Du hast mir schon genug geholfen!« Energisch schloss Ela die Tür des Wagens. Luca schluckte und streckte hilflos die Hand aus. Umgehend ließ sie die Scheibe wieder runter. »Doch, du kannst doch etwas tun: Verschwinde von hier! Geh mir aus den Augen!«

Luca stand wie ein begossener Pudel da und biss sich auf die Lippen. Mit hängendem Kopf drehte er um und entfernte sich. Ungerührt startete Ela den Wagen.

»Mama?«, plapperte Lina sofort los, als sie in den Wagen stieg. »Gehen wir heute wieder mit Luca zum Fußball?«

»Nein, mir geht es heute nicht so gut«, antwortete Ela mit kratziger Stimme.

»Nie geht es dir gut!«, maulte ihre Tochter. »Mit ihm ist es viel besser als mit Oma und Opa. Wann gehen wir denn mal wieder mit ihm da hin? »

Abneigung kochte in Elas Seele hoch. »Nie«, sagte sie bestimmt und räusperte sich. Sie musste sich zusammenreißen und vor dem Kind ihre Tränen unterdrücken.

»Waas?! Warum denn nicht?« Linas Stimme brach. »Er ist sooo cool! Und so nett!« Man konnte das Stampfen ihres Fußes auf dem Autoboden hören.

Die offensichtliche Enttäuschung ihrer Tochter half Ela, halbwegs ruhig zu bleiben. »Er ist nicht cool, da irrst du dich, und schon gar nicht nett.«

»Er ist sehr wohl nett … und er wäre ein toller Papa! Emma hat auch wieder einen Papa. Ich hab nie einen.«

»Emma hatte schon immer einen Papa.«

»Dann hat sie jetzt eben zwei … nur du schaffst es nicht. Ein Papa könnte mit mir zum Fußball gehen … und so. Dazu hast du doch gar keine Lust«, presste Lina hervor.

»Ich hab auch nicht immer die Zeit. Dafür hast du doch Oma und Opa.«

»Das ist aber nicht so cool!«, schimpfte Lina. Ela konnte über den Autospiegel sehen, wie sie ihre kleinen Arme gekreuzt hatte.

»Es geht aber nicht! Luca hat Mist gebaut und Punkt.«

»Dann will ich endlich meinen richtigen Papa kennenlernen.«

Dieser Satz schnitt Ela ins Herz, wollte doch jedes Kind seine Eltern kennen. »Glaub mir, das willst du nicht.«

»Doch!«, fluchte Lina und stampfte noch einmal mit dem Fuß auf.

Der Streit ging noch einige Zeit weiter. Als der Wagen auf die Auffahrt bog, war die Stimmung zwischen Mutter und Tochter auf dem Tiefpunkt.

Lina zog einen Umschlag aus der Tasche, als sie zum Haus gingen. »Hier! Soll ich dir geben. Nur dir, hat der Mann gesagt«, grummelte sie.

»Moment! Was für ein Mann?« Ela nahm den Umschlag und hielt ihre Tochter am Arm fest.

»Weiß ich nicht. Kenn ich nicht«, antwortete sie mürrisch und befreite ihren Arm wieder.

»Wie sah er aus?«

»Schwarze Haare.«

»Das ist alles?«

»Alt!«, murrte Lina mit trotzig geschürzten Lippen.

Ela schüttelte den Kopf. Ihr war mulmig zumute, aber vielleicht sollte sie den Brief erst mal lesen. Lina stand inzwischen schon an der Haustür. »Kommst du endlich?«, drängelte sie und ließ die Schultasche auf den Boden fallen.

Aber Ela war neugierig geworden. Ungeduldig öffnete sie den Umschlag und erschrak. Der Brief war geschrieben wie ein Erpresserbrief – mit aufgeklebten Buchstaben. Es verschlug ihr den Atem, als sie ihn las:

Komm morgen Abend ein letztes Mal, dann bist du frei. Zu keinem ein Wort, denn: Kinderpornos mit so süßen kleinen Mädchen, wie deiner Tochter, sind im Darknet der Renner.

Fuck! Ela lief es heiß und kalt den Rücken hinunter. Ihre Beine drohten zu versagen. Jetzt war ihre Achillesferse freigelegt und die Dreckskerle wussten genau, wohin sie stechen mussten. Wie sollte sie jetzt reagieren?

Fuck! Fuck! Fuck!

Spontan holte sie ihr Feuerzeug hervor und hielt die Flamme an den Zettel, als könnte sie den Brief damit ungeschehen machen. Da bog der Wagen ihrer Mutter um die Ecke. Um neugierige Fragen zu vermeiden, trat sie den brennenden Zettel schnell aus und kickte die übrig gebliebenen Fetzen in die Hecke.

»Du gefällst mir in letzter Zeit gar nicht, Mädel«, bemerkte Simone, als sie beim Essen zusammen am Tisch saßen. »Du isst ja gar nichts ... und dann immer diese Augenringe.«

»Es ist aber nichts«, antwortete Ela gereizt. »Vielleicht bekomme ich eine Grippe. Lass mich bitte mit deiner Überfürsorge in Ruhe.« Lustlos kaute sie auf einem Bissen herum, es schmeckte wie Pappe. »Ich werde gleich ins Bett gehen«, murmelte sie. Der Rest der Familie sah sie besorgt an, aber keiner wagte es, ein Wort zu sagen.

Natürlich nützte es nichts, dass sie im Bett lag, denn das Grübeln nahm kein Ende.

Es würde niemals ein Ende nehmen!

Jetzt hatte sie sich nicht kleinkriegen lassen, aber dieser Schlag war mehr als unter die Gürtellinie. Er raubte ihr nicht nur die Kraft, über Lösungen nachzudenken, sondern auch den Lebenswillen.

Der erste Gedanke war, zur Polizei zu gehen. Aber war das auch wirklich das Klügste? Wie schnell würden ihr die Behörden glauben? Schließlich war deren Trägheit bekannt, alles musste erst richterlich beschlossen werden. Die deutschen Behörden waren der Mafia nicht wirklich gewachsen, das las man doch immer wieder in der Presse.

Außerdem, den Beweis für die Erpressung hatte sie gerade vernichtet. Abgesehen davon wies er sicher keine Fingerabdrücke auf, oder andere Hinweise über den Absender. Streng genommen könnte sie den Zettel sogar selbst gebastelt haben, um von ihrer Schuld abzulenken. Würde sie damit Lina in Gefahr bringen? War es das Risiko wert, selbst unangenehm in der Öffentlichkeit zu stehen, oder sich womöglich für eine Beteiligung an Straftaten rechtfertigen zu müssen? Und ob die Justiz ihr dann glauben würde, stand auch in den Sternen.

Es schien alles so ausweglos – zu viel für sie allein.

Und wenn sie sich mit Luca verbündete? Vielleicht konnte er mit ihr zur Polizei gehen und ihr den Rücken stärken. Schon bei dem Gedanken kam in Ela Widerwillen auf. Nein! Er hatte ihr zu sehr wehgetan, sie wollte dieses Arschloch nicht in ihrer Nähe haben.

Sie konnte es drehen und wenden, wie sie wollte. Das Beste wäre, auf den Deal der Mistkerle einzugehen. Klar, man konnte diesen Bestien nicht trauen, aber was hatte sie schon zu verlieren? Gab es nicht auch so was wie einen Ehrenkodex der Mafia? Ela seufzte, denn der galt nur für Familienangehörige. Eine abtrünnige Geliebte gehörte sicher nicht zur Familie. Diese Sache war zwar nicht ungefährlich, aber in ihren Augen kalkulierbar. Sie musste nur dafür sorgen, dass Lina aus der Schusslinie war.

170

Die nächste Frage war: wohin mit Lina?

Vielleicht war es wirklich an der Zeit, dass sie mal ihren Vater kennenlernte. Immerhin würde keiner darauf kommen, dass sie bei ihm war, denn sie hatte ihn ja nie verraten.

Sie schnappte sich das Handy und gab Karls Namen in die Suchmaschine ein. Er wohnte immer noch in derselben Wohnung wie vor zehn Jahren.

Am nächsten Tag machte sie sich auf den Weg zu Karl. Bevor sie Lina tatsächlich mit ihrem Erzeuger konfrontierte, musste sie erst einmal die Lage sondieren. Schließlich war inzwischen viel Zeit vergangen.

Auf der Treppe zum Mehrfamilienhaus roch es, wie früher, nach Urin. Ein toller Empfang! Ela sah sich in dem kleinen Treppenhaus um, bevor sie auf den Klingelknopf drückte. Es war nie besonders gepflegt gewesen, und seit sie weg war, hatte sich daran nichts geändert.

Barsch wurde die Tür aufgerissen.

»Was wollen Sie«, brummte Karl, der seinen massigen Oberkörper mit einem schmuddeligen Shirt bedeckte. Ela musste zweimal hinsehen, denn er hatte kräftig zugenommen und das Gesicht sah aufgeschwemmt aus. Aus der Wohnung drang ein sehr merkwürdiger Geruch – auf jeden Fall kein Putzmittel.

»Karl?«, fragte sie, als wollte sie sich versichern, dass er es auch wirklich war.

»Kennen wir uns?«, brummte er, dann fing es in seinem Kopf sichtlich an zu rattern.

»Wer ist da?!«, keifte es mit schriller Frauenstimme von hinten. Karl zuckte zusammen und eine ältere, schlampig wirkende Frau erschien im Hintergrund. Sie hatte einen harten Zug um den Mund.

Ela grinste in sich hinein, da hatte Karl offensichtlich seine Meisterin gefunden. Aber Erotikputzen schien er nicht für sie zu veranstalten.

»Hallo«, grüßte Ela und setzte ein unverbindliches Lächeln auf.

Karl rieb sich über den ungepflegten Bart, dann schien ihm ein Licht aufzugehen. »Manu?«

»Was wollen Sie?«, blaffte die fremde Frau.

»Ach nichts!«, erwiderte Ela, die sich die Schadenfreude kaum noch verkneifen konnte. »Hat sich erledigt.«

So einen Vater würde sie Lina bestimmt nicht präsentieren. Ela drehte sich um, und wollte gehen.

»Warte Manu«, rief Karl ihr hinterher und ergriff die Wohnungsschlüssel, bevor er die Tür ins Schloss fallen ließ. Kurz darauf öffnete sie sich wieder.

»Kannst du mir mal sagen, was hier gespielt wird!?«, fuhr die unbekannte Frau Karl an.

»Sag mal, gehts noch? Ich möchte kurz allein mit ihr sprechen. Das siehst du doch!«, maulte Karl ungeduldig. Immerhin, ein kleiner Rest seiner Eier schien noch da zu sein.

»Wer sind Sie überhaupt?«, fragte die Frau Ela zickig.

»Lass sie in Ruhe! Erklär ich dir nachher!«, lenkte Karl ein.

War das noch derselbe Karl von früher? Dass er sich von so einem Biest so anfahren ließ, hätte Ela ihm nie zugetraut. Zugegeben, sie selbst hätte früher so etwas nie gewagt.

»Hoffentlich! Darum möchte ich doch stark bitten!«, zeterte die Frau und schloss unwirsch die Tür. Karl sog scharf die Luft ein, schüttelte die Hand, als ob er sich verbrannt hätte, und lächelte entschuldigend. Das war definitiv nicht der Karl, den Ela von damals kannte.

»Komm schon, sag, was du wolltest«, raunte er. »Du tauchst hier doch nicht nach all den Jahren auf, wenn nichts wäre.«

»Ich dachte, du kannst mir helfen ... kannst du aber nicht.«

»Wie soll ich dir helfen?«

»Ist nicht mehr wichtig.«

»Hat es was mit Lina zu tun?« Karl packte sie am Arm, um Ela am Weggehen zu hindern.

»Woher weißt du, wie sie heißt?«

Karl biss sich auf die Lippen.

»Du hast hinter mir herspioniert?«, erkannte Ela. »Warum?«

»Weil ich das Gefühl hatte, einen Fehler gemacht zu haben«, flüsterte er.

»Sag das noch mal ... lauter«, forderte Ela.

»Das kann ich nicht, der Flur ist zu hellhörig.«

»Warum hast du dich dann nicht gemeldet?«

»Ich habe mich geschämt, wie ich mich damals benommen habe ... und ... Anke weiß nichts davon.«

»Und ... du hättest womöglich zahlen müssen.«

»Quatsch.«

»Tatsächlich?«

»Na ja. Aber Tatsache ist, dass ich meinen Fehler eingesehen habe«, brummte Karl. »Wie geht es ihr?«

»Weißt du das nicht? Beobachtest du sie nicht mehr?«

»Nicht mehr, seit sie mich mal am Kindergarten erwischt haben, wie ich sie fotografiert habe.«

»Ach, du warst der mutmaßliche Perverse? Oh Mann, Karl!«

»Pssst! Mensch!«

»Es geht ihr gut ... soweit«, flüsterte Ela. »Sie möchte dich kennenlernen.«

»Wolltest du das fragen?«

»Ja, aber erst mal muss ja wohl deine – Freundin? – davon erfahren.«

»Ja, du hast recht. Ich sollte es meiner Frau erzählen.«

»Du bist verheiratet? Ich fass es nicht!«, lachte Ela.

»Pssst!«

»Ist das auch ein Geheimnis? Okay, bei Gelegenheit kannst du sie ja mal treffen. Sie braucht gerade einen Vater, eine männliche Figur in ihrem Leben, die sich um sie kümmert.«

»Das wäre schön«, antwortete Karl gerührt. »Du kannst auf mich zählen.«

»Aber bitte nicht so, wie du jetzt aussiehst, sondern geduscht und rasiert.«

»Bestimmt. Versprochen. Was mag sie so? Was soll ich ihr mitbringen?«

»Fußball, sie liebt Fußball. Du kannst ihr einen mitbringen.«

Karl nickte eifrig und bekam feuchte Augen. Ela musste schlucken.

»Du Karl ...«

»Ja?«

»Versprichst du mir was?«

»Kommt drauf an.«

»Wenn mir etwas zustößt, kümmerst du dich dann um deine Tochter?«

»Warum sollte dir etwas zustoßen?«

»Man kann ja nie wissen. Ich kann schon morgen einen Unfall haben.«

»Hör mal! Du kannst mir doch nichts vormachen ... da stimmt doch was nicht.«

»Du irrst dich, es ist alles in Ordnung. Also, versprichst du mir das?«

»Ja klar, okay. Aber du sagst mir, wenn ich dir helfen kann, ja?«

Einen Moment war Ela versucht, Karl einzuweihen. Sie seufzte. Nein, das machte keinen Sinn.

»Ich ruf dich an«, versicherte sie. »Morgen.«

»Wohin fahren wir?«, fragte Lina, als Ela sie aus der Schule abholte.

»Zu Frauke. Ich habe vorhin mit ihr telefoniert. Emma möchte, dass du bei ihr übernachtest, heute.«

»Aber ich hab doch Fußballtraining.«

»Ach, hab ich dir nicht gesagt, dass der Trainer krank ist?«, flunkerte Ela.

»Der ist nicht krank. Der hat vorhin noch geschrieben, dass wir neue T-Shirts gesponsert kriegen.«

»Ja? Vielleicht ist er schon wieder gesund. Aber einmal kannst du doch fehlen. Emma freut sich jetzt schon so.«

»Dann krieg ich vielleicht kein T-Shirt ab«, maulte Lina.

»Doch bestimmt! Ich ruf gleich an und sage deine Größe durch. Wer spendiert euch denn die Trikots?«

»LC-GENO Motorräder. Kennst du die?«

»Nein, ist aber auch egal«, log Ela. Es war der Laden von Luca und Ciro. »Du bekommst dein T-Shirt. Versprochen.«

Lina zog eine Schnute.

»Was ist? Glaubst du mir nicht? Du kannst Emma doch nicht enttäuschen. Du freust dich doch sonst auch immer, wenn du da schlafen kannst.«

»Ja, okay«, maulte Lina. »Aber wenn ich kein Trikot kriege, bin ich sauer.«

»Kommt rein.« Frauke empfing die beiden mit einem erfreuten Lächeln. »Die Kinder machen gerade mit Elias Hausmusik.«

»Juhu«, blitzartig stürmte Lina, den Klängen nach, ins Haus.

»Nein danke«, antwortete Ela. »Ich muss heute noch eine Menge erledigen.« Sie stellte Linas Schultasche in den Flur.

»Schade. Also es bleibt dabei, dass du sie dann morgen alle drei von der Schule abholst?«

»Jep, bleibt dabei. Ich liefere deine beiden dann hier ab und nehme Linas Schlafsachen wieder mit.«

176

»Und du willst wirklich keinen Kaffee mehr mit mir trinken?«

»Heute nicht ... wie gesagt, ich muss noch eine Menge erledigen. Morgen hätte ich Zeit.«

»Na gut. Okay. Dann wünsche ich dir viel Spaß, bei dem, was du da Geheimnisvolles vorhast. Erzählst du mir dann davon?«, fragte Frauke und zwinkerte.

»Mal sehen«, log Ela. »Du Frauke?«

Frauke sah sie aufmerksam an und bekam einen noch skeptischeren Gesichtsausdruck. »Ja?«

»Ich bin echt froh, dass du da bist und mir hilfst. Ich bin überhaupt froh, dass ich so tolle Freundinnen habe.«

»Schon gut ... kein Ding. Ist alles Okay?« Fraukes Blick wandelte sich von skeptisch in prüfend.

Oh Mann, diesen Satz hätte sie sich verkneifen sollen.

»Ja klar, mach dir keine Sorgen. Alles wird gut«, wiegelte Ela ab und wich dem Blick ihrer Freundin aus.

»Wirklich? Du bist so seltsam. Ist wirklich alles in Ordnung mit dir?«

»Jaha! Du bist ja schon fast so wie Karina. Alles Okay, sag ich doch. Ich bin nur ein bisschen im Stress.«

»Na dann ... aber du weißt, dass wir immer reden können.«

»Ja, ich weiß. Dafür bin ich euch auch wirklich dankbar, aber ich muss jetzt ...«, murmelte sie und drehte auf der Hacke um. »Tschüss dann ... und danke noch mal«, rief sie, als sie sich beim Gehen noch einmal umdrehte.

»Tschüss bis dann«, antwortete ihre Freundin.

Kapitel 16 – Antworten

Nachdenklich betrachtete sich Ela im Spiegel. Ihre Augen waren matt, die Augenringe auch mit dem neuen Make-up nicht wegzuschminken. Sie seufzte. Vorsichtig fuhr ihre Hand über die geschundene Haut am Po. Sie war lange noch nicht verheilt und heute würden da sicher noch einige Blessuren dazukommen. Solche, die bestimmt Narben hinterlassen würden. Narben auf ihrer Haut und auf ihrer Seele.

Aber es war schon okay so. Sie würden sie daran erinnern, dass sie nie wieder etwas mit solch brutalen Typen zu tun haben wollte. Es würde ihr ohne Männer besser gehen, sie brauchte sie nicht mehr.

Lina würde Kontakt zu ihrem Vater bekommen. Das war gut.

Und sie selbst wäre frei – und einsam.

Das war immer noch besser, als sich quälen zu lassen. Wer weiß? Vielleicht geschah ja ein Wunder und es ergab sich irgendwann eine echte Beziehung. So eine, wie ihre Mutter und ihr Stiefvater hatten, begründet auf Liebe und Respekt füreinander.

Darauf warten würde sie jedenfalls nicht mehr, das brachte nur Unglück. Heute musste sie den Preis für ihre unheilvolle Sehnsucht bezahlen, und der war viel zu hoch. Vorsichtshalber folgte sie vollständig der Kleiderordnung, wollte sie doch niemanden provozieren.

Noch nie hatte sich das Ledergeschirr so kalt auf ihrer Haut angefühlt. Wenn sie das heute Abend hinter sich gebracht hatte, würde sie es sofort entsorgen. Wie hatte sie sich jemals dazu hinreißen lassen können?

Nur noch einmal folgsam sein, dann war sie frei! Im Moment sah sie einfach keine andere Chance. Okay, Mario war in der letzten Zeit zwar unberechenbarer als früher, aber dass sie wirklich in Lebensgefahr war, konnte sie nicht vorstellen. So eine miese Type war er nun auch wieder nicht – und einen Mord würde sie den beiden beim besten Willen nicht zutrauen. Dafür kannte sie Mario schon zu lange.

Als sie das große Tuch um ihren Hals schlang, um das Geschirr zu verdecken, blitzte unvermeidlich die Erinnerung an die Demütigung wieder durch ihren Kopf. Bilder vom letzten Mal bei Mario stiegen in ihr auf. Als sie nur mit dem dünnen Stoff bedeckt, mitten in der Nacht flüchten musste. Sie war sich sicher, dass ihr heute eine noch größere Demütigung bevorstand, deshalb war es besser, sich weiche Ersatzkleidung im Auto bereitzulegen.

Sich selbst besinnend schloss sie noch einmal vor dem Spiegel die Augen.

»Sie kriegen dich nicht klein, du schaffst das! Dein neues Leben wird wunderbar«, sagte sie laut zu sich selbst, nachdem sie die Augen wieder geöffnet hatte.

»Ich hab noch was zu erledigen. Bin erst spät zurück, ja?«, rief sie ins Wohnzimmer, wo ihre Eltern vor dem Fernseher saßen.

»Alles klar. Soll ich dann Lina abholen?«, fragte ihre Mutter.

»Nein sie schläft heute bei Emma. Ich hole morgen alle drei von der Schule ab.«

»Okay. Aber willst du denn gar nichts mehr essen?«

»Nein, ich hol mir später was, hab im Moment keinen Hunger.«

»Du isst letzter Zeit fast gar nichts mehr«, beklagte sich die Mutter.

»Ab morgen wird es ruhiger, dann werde ich auch wieder mehr essen ... versprochen.«

»Das wäre schön. Du kommst mir so gehetzt vor in letzter Zeit. Du sagst doch, wenn irgendetwas nicht in Ordnung ist, oder?«, fragte ihr Stiefvater.

»Ja klar, alles in Ordnung ... es ist nur ... ach, mein neues Leben, mit dem Studium, es wird so anders werden.«

Ela versuchte zu lächeln, aber das schien ihre Eltern nicht zu beruhigen. Trotzdem rangen sie sich ein »viel Spaß« ab. Ihre Mutter fügte noch ein »komm nicht so spät, Kind« an.

»Das hab ich nicht vor«, tröstete Ela. »Machts gut!«

Mit jedem Meter, den das Auto auf das Haus von Mario zurollte, fühlte sie sich mehr wie ein Lamm, das auf seine eigene Schlachtbank zusteuerte. Ihr kamen Zweifel, ob sie wirklich das Richtige tat. Ein Seiltanz ohne Netz und doppelten Boden. Vielleicht hätte sie doch jemandem Bescheid geben sollen: *Wenn ich morgen nicht zurück bin, ruft die Polizei.* Aber wen? Ihr fiel keine geeignete Person ein. Jeder normale Mensch hätte sie zurückgehalten. Und vielleicht war es morgen ohnehin zu spät.

Der Gedanke, sie könnte heute ums Leben kommen, machte ihr erschreckend wenig Angst.

Aber was wurde dann aus Lina? Elas Atem beschleunigte sich, ihr Herz pochte bis zum Hals.

An der nächsten Ampel wendete sie den Wagen. Doch sofort schalt sie sich selbst einen Feigling und kam am Straßenrand zum Stehen. Erschöpft legte sie die Stirn auf das obere Lenkrad und tat etwas, dass sie schon lange nicht mehr getan hatte, sie betete. Es war wie ein Wunder, denn das half. Auf einmal hatte sie die Zuversicht, dass alles gut gehen würde.

Zitternd startete sie den Wagen und fuhr zurück zum Haus von Mario. Nach seinen Anweisungen durfte sie das Auto immer nur ein paar Straßen weiter parken, auch daran hielt sie sich. Konzentriert setzte sie Fuß vor Fuß, ihre Knie waren mehr als wackelig auf den High Heels. Sie nahm das Tuch ab, das Mario natürlich gar nicht gerne sah.

Bevor sie den Klingelknopf drückte, atmete sie mit geschlossenen Augen tief durch.

Es wird alles gut gehen.

Es wird alles gut gehen.

Es wird alles gut gehen.

Die Tür öffnete sich und sie wurde, wie üblich, grob hineingezerrt.

Sie ging vorsorglich auf die Knie und Mario setzte ein schmieriges Grinsen auf.

»Sie kann sogar pünktlich, die Principessa. Geht doch! Wer hätte gedacht, dass du doch lernfähig bist?«

Ela senkte den Kopf und krabbelte auf allen Vieren ins Wohnzimmer. Dort angekommen linste sie und sah, wie Mario ein Zeichen für die Anbiete-Stellung gab, die sie einzunehmen hatte. Sie folgte, wollte sie ihm doch heute absolut keinen Anlass geben, wütend zu werden. Mit dem Fuß hob er ihren Rock und prüfte, ob sie, wie befohlen, keine Unterhose trug. Sie hörte, wie er eine Flasche öffnete. Vermutlich war es sein geliebtes Bier, mit dem er sich lautstark auf das Sofa fallen ließ.

Er betrachtete lange Zeit ihr Hinterteil und genoss ihre uneingeschränkte Demut.

»Ja Principessa, das hättest du nicht gedacht, dass du so gehorsam sein kannst«, rügte er und schwieg.

Ob er jetzt eine Antwort wollte? Normalerweise waren unaufgeforderte Kommentare verboten. So entschied sie sich, die Antworten nur zu denken. Das war immer noch besser, als seine Bemerkungen einfach nur hinzunehmen.

»Sei doch ehrlich. Eigentlich gefällt es dir, wenn du so wehrlos vor mir liegst.«

Oh nein! Wenn ich daran je Spaß hatte, dann hast DU ihn mir gründlich verdorben! Dafür braucht man das Vertrauen, dass einem nichts Schlimmes passieren wird.

»Gibs zu, ohne Bestrafung funktioniert kein Spiel um Dominanz und Unterwerfung.«

Spiel? Vielleicht. Aber es ist schon lange kein Spiel mehr.

»Und die Schmerzen? In Wirklichkeit gefallen sie dir, damit kannst du fliegen. Richtig?«

Falsch! Schmerz blendet vielleicht ein Trauma aus, damit man den Sex besser genießen kann, aber für mich tut es einfach nur weh! Ich mag immer noch keinen Schmerz.

»Ach ja richtig! ... Du magst ja gar keinen Schmerz! Steht ja auch in diesem dämlichen Vertrag, mit dem du mich zum Hampelmann gemacht hast!«

Genau den, den du nie eingehalten hast!

»Weißt du, du hättest ALLES von mir haben können, wenn du mir nur deine Liebe bewiesen hättest. Aber du bist nichts weiter, als eine elende Schlampe, die es auch noch mit anderen Männern treibt.«

Echt jetzt? Liebe? Du redest von Liebe?

»Du hast auf meinen Gefühlen herumgetrampelt. Dabei habe ich alles für dich getan. Was meinst du wohl, wer dir die Stelle bei Fabio besorgt hat?«

Oh, vielen Dank!

»Er war von Anfang an scharf auf dich, deshalb hat er dich gerne genommen. Aber ich habe dich beschützt und darauf bestanden, dass er die Finger von dir lässt. Dabei liebt er es, Kratzbürsten zu zähmen.«

Ist mir nicht entgangen!

»Aber ich wollte dich nicht teilen ... bis du mir das Herz gebrochen hast. Und jetzt haben wir den Salat!«

Irrtum, der war auch schon vorher da.

»Wenn du nicht mehr zu kontrollieren bist, können wir nicht einfach so weitermachen.«

Macht nichts! Ich bin da sowieso längst rausgewach-
sen. Bestrafe mich für dein Ego und dann bin ich weg.

»Ich kann dich jetzt nicht mehr vor Fabio beschützen, Principessa. Ich kann dich überhaupt nicht mehr beschützen!«

Nein, das kann nur noch der liebe Gott! Hallo! Du da
oben! Hörst du mich? Ich brauch jetzt echt mal deine Hil-
fe!

»Genug gelabert! Ab ins Zimmer!«

Froh, dass sie sich endlich bewegen durfte, kroch Ela weiter ins Zimmer. Je früher sie da war, desto früher war es zu Ende – hoffentlich. Zu ihrer Überraschung machte er nichts weiter mit ihr, sondern sperrte sie gleich in den flachen Käfig. Der Fliesenboden war kalt und hart. Damit sie es nicht zu gemütlich hatte, fixierte er sie noch mit Handschellen an den Stäben. Ohne weitere Erklärung machte er das Licht aus und verließ danach den Raum. Ela schloss die Augen und versuchte sich irgendwo hinzuträumen, raus aus der Realität. So schnell würde sie diese Sache wohl doch nicht hinter sich bringen.

Sie wusste nicht, wie viel Zeit vergangen war, als sie aus ihrer Apathie gerissen wurde. Sie hörte Stimmen. Das Licht wurde angemacht und blendete sie unangenehm. Mario war zurück, zusammen mit Fabio und der bereits bekannten Latex-Frau von der letzten Session. Auf allen vieren kroch sie hinter den beiden her.

»Sieh nur, die Principessa wartet schon auf dich«, spottete Mario. »Soll ich sie dir rausholen, willst du sie?

Dann sag es jetzt, bevor ich dein Latex-Luder hier reinstecke.«

»Nein danke, vielleicht nachher. Ich hab vorher noch eine andere Verabredung.«

Waren Elas Gebete jetzt erhört worden? Das hörte sich nicht so an, es war eher ein Aufschub.

»Wie du willst, aber lass dir inzwischen was einfallen. Warum musstest du ihr auch erzählen, dass sie Drogenbotin war? Ich war so glücklich, dass sie keine Lunte gerochen hat, dadurch war sie glaubwürdig und fiel nicht auf. Jetzt muss ich mir eine neue Botin suchen. Das hat die Sache noch komplizierter gemacht, Mann!«

»Wieso? Das kann ich dir sagen! Weil man sich von den Schlampen nichts gefallen lassen darf. Das hast du ja jetzt hoffentlich gemerkt. Hör auf, mir Vorwürfe zu machen! Das mag ich gar nicht!«, fauchte Fabio.

»Ja klar, hinterher ist man immer schlauer. Aber ich steh jetzt da, mit dem Problem, und weiß nicht, was ich mit ihr machen soll. Ich kann sie nicht mehr nach Hause schicken, sie muss irgendwie beseitigt werden. Alles andere ist jetzt viel zu gefährlich, man kann ihr nicht mehr trauen.«

Ela stockte der Atem. Was sollte sie jetzt tun? Beteuern, dass sie nichts verraten würde? Ein Versuch wars wert.

»Niemand erfährt etwas, ich schwöre! Es reicht mir völlig, wenn ihr droht, meiner Familie was anzutun!«, flehte Ela.

»Deine Familie? Gehört diese Schmeißfliege von Genovese auch dazu? Die Ratte hat uns die ganze Zeit observiert und ich Idiot hab nicht geschnallt, wer das ist«, fluchte Fabio.

»Luca? Nein! Ich hab nichts mit ihm! Kapiert das endlich! Er ist ein noch größeres Arschloch als ihr!«

»Heyhey! Nimmt eine Principessa denn solch grobe Worte in den Mund? Halts Maul, du Schlampe! Die neugierige Ratte ist das nächste Problem, um das wir uns kümmern müssen.«

»Genau! Und zwar auch eine endgültige Lösung! Wir können kein Risiko eingehen.«

Ela schluckte.

Endgültige Lösung? Scheiße!

Es war besser, wenn sie jetzt den Mund hielt. Vielleicht besannen sie sich doch noch – oder es passierte ein Wunder.

»So, genug jetzt! Du weißt, warum ich hier bin«, grummelte Fabio, er hatte eine Kamera in der Hand und fing an, Mario die Bedienung zu erklären.

»Kriegst du das klar?«, fragte er, nachdem er seine Anweisungen beendet hatte. »Und wenn die Principessa nicht mitmachen will, dann gibst du ihr ein bisschen Zauberpulver, klar? Das hat bisher noch die widerspenstigste Nutte gefügig gemacht.«

»Mach dir keine Sorgen, damit werde ich kein Problem haben ... jetzt nicht mehr«, versicherte Mario. »Das Wichtigste ist der Zoom, wenn man auf das geweitete Arschloch hält«, ergänzte er.

»Dass du immer noch an diesem schwulen Zeug hängst!«

»Das ist gefragt, Mann!«

»Na, wenn du meinst. Gut, dass ich bei dem Teil nicht dabei bin.«

»Du verpasst einen richtig geilen Gang-Bang, darauf kannst du wetten. Für die Arschfickerei habe ich einen erfahrenen Kaviar-Experten eingeladen. Der macht das schon.« Mario grinste. »Wenn du dann nachher kommst, wird es richtig spaßig und wir picken uns ein paar geile Rosinen raus, die wir grandios in Szene setzen werden. Dann zeigen wir der Principessa endlich, was *Einreiten* ist und wie man mit ungehorsamen Flittchen umgeht.«

»Ich freu mich schon. *Der widerspenstigen Zähmung* ist immer noch mein Lieblingsstück.«

»Na ja, die Drogen dämpfen vielleicht«, überlegte Mario laut.

»Spinnst du? Wenn wir sie rannehmen, sollte die Wirkung vorbei sein. Dass sie sich wehrt, ist doch gerade der Spaß. Drogen bitte nur, wenn die Kunden merken könnten, dass es nicht ganz freiwillig ist«, rügte Fabio.

Mario kicherte hysterisch. »*Nicht ganz freiwillig* ist gut. Und was sollen wir mit ihr machen, wenn wir fertig sind?«, fragte er.

»Endlösung ist doch wohl eindeutig. Aber vorsichtig, der Clan sieht Morde nicht mehr so gerne, schon gar keine dilettantischen hier in Deutschland. Das lenkt nur die Aufmerksamkeit auf uns. Also, professionell und unauffällig. Lass dir was einfallen. Aber bis dahin können wir ja noch jede Menge Spaß mit ihr haben.«

Fuck!

Ela rang mit den Tränen. Aber die würden Mario womöglich nur noch mehr anstacheln.

Das war der Supergau!

Auch wenn sie insgeheim schon mit einer solchen Möglichkeit gerechnet hatte, war es ein Schock. Natürlich wollte sie nicht wahrhaben, dass sie in einen Mörder verliebt war. Jetzt konnte sie sich nichts mehr vormachen, Mario war ein eiskalter Psychopath. Solche Leute konnten sich extrem gut verstellen, man merkte nur schwer, wenn man einem solchen in die Hände fiel. Und in ihrem Fall war es eindeutig zu spät.

Als die beiden draußen waren, schleuderte die Stille kalte Felsbrocken aus Einsamkeit auf ihre Seele. Die landeten auf ihrer Brust und nahmen ihr den Atem. Gott sei Dank hatte Mario vergessen, das Licht auszumachen. Sie sah zu der Lady hinüber, die schien merkwürdig gleichgültig.

Ihre Haut war unrein und die Arme mit Narben vom Ritzen übersät.

Welche Drogen sie wohl nahm? Sicher machte sie dieses Spiel mit, um zu ihrer Dosis zu kommen. Wenn sie darüber nachdachte, dass sie das Zeug auch noch verteilt hatte.

Ihr wurde übel bei dem Gedanken.

Ela versuchte, ihre Position noch ein wenig zu verändern und schloss wieder die Augen.

Wie lang kann die Ewigkeit dauern?

Kapitel 17 – Die Rettung

Luca war verzweifelt. Gestern hatte er vom Küchenfenster aus gesehen, wie Ela ein Schreiben verbrannte. Sie war dabei sichtlich aufgebracht gewesen, was in ihm sofort Unbehagen ausgelöst hatte. Deshalb war er sofort, als sie im Haus verschwunden war, nach draußen gehastet, um die Schnipsel zu retten. Da stimmte doch irgendetwas nicht!

Aber mittlerweile war die Unruhe in Besorgnis umgeschlagen, weil er schon seit über vierundzwanzig Stunden versuchte, aus dem offensichtlichen Erpresserbrief etwas zu lesen. Die Brandruinen reichten nicht aus, sich etwas zusammenzureimen, denn übrig geblieben waren nur ein paar Buchstaben am Rand des Zettels.

Eine Aufgabe, die mehr als an den Nerven zerrte. Vom Schlafmangel einmal abgesehen, denn er hatte nur wenige Stunden Ruhe gefunden. Luca wurde das Gefühl, dass etwas Schlimmes passiert war, nicht mehr los.

Zwischendurch sah er immer mal wieder aus dem Fenster, aber von Ela war weit und breit keine Spur. Da auch ihr Wagen fehlte, warf das noch mehr Fragen auf. Ob sie sich vor den Erpressern aus dem Staub gemacht hatte? Oder war sie schlicht mit ihrer Tochter irgendwohin gefahren? Letzteres war eher unwahrscheinlich, denn Lina hatte ja Schule.

Luca war mittlerweile panisch.

Aufgewühlt stand er auf und holte sich die zweite Schachtel Zigaretten aus dem Schrank. Das war praktisch sein Jahresbedarf. Nervös stellte er sich ans Küchenfenster und sah hinaus, während er sich den Glimmstängel anzündete. Tief inhalierte er den Rauch und wartete, dass draußen etwas passierte.

Elas Eltern kamen nach Hause und kurz überlegte er, ob er sie fragen sollte, wo Ela war. Sofort verwarf er den Gedanken wieder. Inzwischen bohrte der Hunger ziemlich unangenehm. Aber er ignorierte ihn und lief im Haus hin und her wie ein Tiger im Käfig, immer mit einem Sprung zum Fenster. Gereizt drückte er seine Kippe aus, denn wieder einmal hatte er sie bis zum Filter heruntergebrannt.

Plötzlich hatte er den genialen Gedanken, bei Elas Arbeitgeber Pizza zu bestellen. Irgendwie hatte er das Gefühl, so an Informationen zu kommen. Und wenn Ciro Feierabend machte, würde er sicher etwas zu Essen haben wollen. Das wäre auch eine gute Entschädigung dafür, dass er seinen Bruder seit Tagen im Laden allein ließ.

Obwohl die Pizzeria offiziell geöffnet hatte, ging keiner ans Telefon – merkwürdig. Er würde es später noch einmal versuchen, derweil rätselte er weiter am Puzzle des Wahnsinns.

Gerade war er wieder am Verzweifeln, da klingelte es an der Haustür. Wie von der Tarantel gestochen sprang er hoch. Auf dem Weg zur Tür schüttelte er über sich selbst den Kopf. Mit einem Satz preschte er los, um zu öffnen, als würde er insgeheim erwarten, dass Ela dort stand, um ihm Absolution zu erteilen.

Doch es waren Elas Eltern. Luca wurde flau im Magen.

»Entschuldige die Störung, wir machen uns Sorgen, weil Ela immer noch nicht zu Hause ist. Weißt du vielleicht, wo sie sein könnte?«, fragte Simone.

Wie ein Krake drang das flaue Gefühl weiter in den Magen vor, um diesen zu wringen. Luca krümmte sich unmerklich, um besser atmen zu können.

»Nein, tut mir leid. Ich warte selbst auf sie, weil ich noch mit ihr reden wollte. Hat sie denn nicht gesagt, wo sie hinwill?«

»Nein, eigentlich wollte sie gestern Nacht wiederkommen ... so hatten wir es jedenfalls verstanden«, erklärte Hannes.

Ein unsichtbarer Eisenring klammerte sich um Lucas Brustkorb.

»Sie wollte eigentlich Lina und die Kinder einer Freundin von der Schule abholen. Weil dies nicht geschehen ist, hat ihre Freundin besorgt angerufen. Weshalb wolltest du denn mit ihr sprechen?«, setzte er nach.

Luca schnappte nach Luft, bevor er antwortete. »Ich ... ähm ... ich habe Mist gebaut ... und wollte mich dafür entschuldigen.«

»Könnte das was mit ihrem Verschwinden zu tun haben?«, fragte Simone.

Seine Knie wurden weich, sodass Luca sich am Türrahmen festhalten musste. Das schlechte Gefühl hatte sich in pure Angst um Ela gewandelt. »Ich ... ich weiß nicht ... ganz ausschließen will ich das nicht«, stotterte er.

»Nun mal raus mit der Sprache! Was weißt du?!«, drängelte Hannes.

»Kommt rein«, forderte Luca seine Nachbarn auf. Er zeigte den Eltern die Schnipsel und erklärte in wenigen Worten, was er beobachtet hatte.

»Das sieht in der Tat aus wie ein Erpresserbrief«, erklärte Hannes besorgt. »Aber ich kann mir leider auch keinen Reim darauf machen.«

»Ich habe ein ganz ungutes Gefühl«, grummelte Luca.

Die Eltern nickten zustimmend. »Sollen wir nicht besser direkt zur Polizeistation, um eine Vermisstenanzeige aufzugeben?«, schlug Simone vor.

»Ich weiß nicht. Ich hab da einen ganz bestimmten Verdacht«, murmelte Luca. »Wie war sie so, als sie weggegangen ist? Gab es da irgendwelche Hinweise?«

»Sie war so wie ... nein, sie war doch anders ... schon die letzten Tage war sie so nervös«, überlegte die Mutter.

»Aber sie hatte eins von diesen großen Halstüchern um, die sie immer anhat, wenn sie sich mit ihren Freundinnen trifft«, warf Hannes ein. »Zumindest behauptet sie, dass sie mit ihnen unterwegs ist.«

»Wir haben immer gehofft, dass sie uns eines Tages mal einen netten Partner vorstellt.«

Luca schnaubte und nickte. »Ich glaube, wir sollten keine Zeit verschwenden. Lasst uns dort hinfahren, wo ich sie vermute. Wenn wir einen begründeten Verdacht haben, zum Beispiel, dass ihr Auto dort in der Nähe parkt, sollten wir sofort die Polizei rufen.«

Simone stieß ein hilfloses Wimmern aus. Hannes nahm ihre Hand und strich beruhigend mit dem Daumen über ihren Handrücken.

»Was ist mit Lina?«, fragte Luca. »Wo ist sie jetzt?«

Luca gehörte zu den Menschen, die bei Gefahr plötzlich glasklar denken konnten und wussten, was zu tun war.

»Sie ist bei ihrer Freundin. Ich werde sie anrufen und bitten, dass sie dort noch etwas bleiben kann«, antwortete Hannes.

Luca schnappte sich seinen Autoschlüssel vom Board und sie stürmten auf die Straße. Wie angewurzelt blieben sie stehen, als ein stämmiger Mann in der Auffahrt der Eltern stand und sie erwartungsvoll ansah.

»Sind Sie Herr und Frau Schiffer?«, fragte er und drehte verlegen einen Fußball in der Hand.

»Ja, die sind wir. Wer sind Sie und was wollen Sie? Wir sind in Eile!«, warf Hannes ihm zurück.

»Ich bin Karl Bachmeier und wollte zu Manu ... besser gesagt zu Lina ... ich ... ich bin ihr Vater.«

Alle drei stutzten und sahen ihn erwartungsvoll an.

»Manu war gestern bei mir und hat gesagt, dass Lina ihren Vater kennenlernen wollte. Sie wollte mich eigentlich heute Morgen anrufen. Da sie das nicht getan hat, dachte ich ... Sie geht auch nicht ans Handy und antwortet nicht auf Nachrichten ... und da dachte ich, ich geh einfach mal selbst nachschauen, was da los ist. Ehrlich gesagt mache ich mir auch Sorgen, weil sie gestern so komisch war«, erklärte er.

Luca und die Eltern wurden sichtlich nervös.

»Ich wollte wirklich keine Schwierigkeiten machen«, meinte Karl eilig.

»Nein, so ist das nicht gemeint. Wir haben nur den Verdacht, dass meine Tochter in Gefahr ist«, fiepte Simone schwach.

»Fuck! Jetzt verstehe ich, was sie meinte. Sie sagte, ich solle mich um Lina kümmern, falls ihr etwas zustößt«, erklärte Karl aufgeregt.

»Scheiße, Scheiße, Scheiße«, fluchte Luca. Der kalte Schweiß brach ihm aus.

»Ich wollte wirklich keine Schwierigkeiten machen«, meinte Karl eilig.

»Nein, damit sind Sie nicht gemeint. Wir haben nur den Verdacht, dass meine Tochter in Gefahr ist«, fiepte Simone schwach. Adrenalin schoss durch Lucas Adern. »Worauf warten wir noch!«, rief er aufgeregt. »Komm mit«, forderte er Karl auf. »Vielleicht brauchen wir noch deine Hilfe.« Woraufhin Karl eilig mit in den Audi stieg.

Natürlich fuhr Luca viel zu schnell, aber keiner sagte ein Wort. »Wir machen einen winzigen Umweg, ich will nur kurz bei ihrer Arbeit vorbeischauen. Da ging eben niemand ans Telefon«, erklärte er und verlangsamte die Fahrt. Vor dem Lokal standen mehrere Polizeiwagen mit blinkendem Blaulicht.

»Was ist da passiert?«, fragte Simone.

»Keine Ahnung, aber jetzt wissen wir, warum sie nicht ans Telefon gehen. Hier muss irgendetwas passiert sein. Musste Ela heute arbeiten?«, tastete sich Luca vor. Die Vorstellung, sie könnte noch einmal dorthin gegangen sein, bereitete ihm Kopfschmerzen.

»Weißt du denn gar nicht, dass sie dort nicht mehr arbeitet?«, fragte Hannes.

»Nicht?« Luca hielt den Atem an.

»Von einem Tag auf den anderen hat sie uns erklärt, sie versteht sich nicht mehr mit ihrem Chef.«

Lucas Herz hüpfte vor Erleichterung. »Ganz ehrlich? Das war überfällig, der Kerl ist ein Arschloch!«, erklärte er.

»Sie meinen, er hat ein Auge auf sie geworfen? ... Und sie womöglich belästigt.«

Nur im besten Fall, dachte Luca. »Ich bin mir ziemlich sicher, er hat ...« Er unterbrach den Satz, denn sie waren kurz vorm Ziel.

»Dort steht Elas Auto!«, rief Simone aufgeregt.

Ohne lange zu überlegen, hielt Luca den Wagen an. Bei laufendem Motor stieg er aus und hetzte zu Elas Golf. Die beiden anderen Männer folgten ihm, alle drei inspizierten das Fahrzeug. Simone blieb wie festgewachsen auf dem Rücksitz und kaute auf ihren Fingerknöcheln.

»Sie hat bequeme Kleidung dabei«, murmelte Karl.

»Und da kann man ein Stück von ihrem Handy sehen«, ergänzte Hannes.

»Das gefällt mir nicht«, grummelte Luca, während er sein Handy hektisch bediente. »Polizei? Bitte kommen Sie schnell in die Berliner Straße 11. Beeilen Sie sich, denn da wird eine Person gegen ihren Willen festgehalten und wahrscheinlich misshandelt. Es besteht Lebensgefahr! Es muss etwas mit den Vorfällen bei *Da Fabio* zu tun haben, was auch immer da passiert ist.« Während er auflegte, rief er: »Sie kommen! Schnell! Ich weiß, wo der Scheißkerl wohnt! Lasst uns hinfahren!«

Luca musste keine weiteren Anweisungen geben, gleichzeitig setzten sich alle wieder ins Auto. Konzentriert raste er drei Straßen weiter und brachte den Audi mit quietschenden Reifen vor Marios Haus zum Stehen.

»Ich seh mir die Sache erst mal an. Ihr könnt hier drin bleiben«, wies Luca die Mitfahrer an.

»Willst du nicht lieber auf die Polizei warten?«, rief Hannes.

»Wenn es wirklich so gefährlich ist, ist das auf alle Fälle klüger«, bestätigte Karl.

»Ich muss einfach sehen, was da los ist«, presste Luca hervor. Erst jetzt realisierte er, welche Angst er um Ela hatte.

Alle zusammen stiegen aus. Kopflos stürmte Luca voran.

»Die Tür ist offen!«, stellte er fest.

»Vorsicht! Du weißt nicht, was da los ist. Sie könnten vielleicht sogar bewaffnet sein!«, gab Hannes zu bedenken.

»Ist mir egal, ich muss jetzt wissen, ob Ela in Gefahr ist.«

»Dann gehen wir aber alle zusammen«, meinte Simone.

Behutsam öffnete Luca die Tür und lauschte. Nichts war zu hören, deshalb schlich er vorsichtig weiter. Die

Luft war rein. Er gab den anderen ein Zeichen. Die Tür zum Wohnzimmer knarrte ein wenig, als er sie öffnete.

Mario lag reglos am Boden, ansonsten war niemand im Raum.

Simone blieb wie angewurzelt stehen und kaute gleich wieder auf ihren Fingerknöcheln herum. »Ist der tot?«, wimmerte sie.

»Hoffentlich«, antwortete Luca ungerührt. Wo zum Teufel war Ela?

Elas Mutter wurde aschfahl und schwankte bedenklich. Sie stand offensichtlich unter Schock. Hannes kam und hakte sie unter. »Nein! Nicht tot«, stammelte sie.

»Kannst du mal nachsehen, Karl? Hannes, rufst du einen Krankenwagen? Ich suche Ela«, wies Luca knapp an.

Karl kniete sich zu Mario und fühlte den Puls am Hals. Aufmerksam beobachtete er die Atmung. »Sieht so aus, als ob er tatsächlich tot ist«, murmelte er.

Daraufhin fing Simone an zu kreischen und rannte aus dem Haus. Hannes hastete ihr hinterher. »Ich kümmre mich um sie. Sieh du zu, ob du Luca helfen kannst. Aber seid vorsichtig«, warf er Karl zu.

Luca kümmerte sich nicht weiter um Mario, sondern öffnete eine der beiden angrenzenden Türen. Es war die Küche. Er war gerade dabei, die Tür wieder zu schließen, da bemerkte er in der Ecke ein Häuflein Elend von Mensch. Es kauerte neben dem Mülleimer und trug eine Sturmhaube. Uringestank und nasse Jeans verrieten, dass sich der Mann in die Hose gemacht hatte. Offenbar vor Angst.

»Bitte, tun Sie mir nichts! Ich habe mit der ganzen Sache hier nichts zu tun, ich bin nur ein Kunde«, wimmerte er mit erhobenen Händen und gesenktem Kopf.

»Was für ein Kunde?«, fragte Luca und baute sich breitbeinig vor dem Würstchen auf.

Vorsichtig hob der Mann den Kopf. »Wer sind Sie?«, wimmerte er.

Lucas Blut kochte ohnehin, aber nun riss ihm der Geduldsfaden – hatte er doch keine Zeit zu verlieren. Grob packte er den Schwächling am Shirt und zog ihn hoch.

»Was für ein Kunde und wo ist Ela?!«, fauchte er und riss dem Schwächling die Sturmhaube vom Kopf. Dieser kniff die Augen zusammen, Schweiß trat ihm auf die Stirn.

»Was ist hier los!«, schrie Luca und schüttelte den Mann.

»Ich weiß nicht«, flennte dieser.

Achtlos ließ Luca ihn wieder fallen und die Jammergestalt kauerte sich wieder hilflos zusammen. »Ach Scheiße!«, fluchte Luca. »Halt das Würstchen hier in Schach, damit der nicht davonkommt«, instruierte er Karl und hetzte zur nächsten Tür.

Er rang um Atem, als er sie öffnete. Dicke, stinkende Luft schlug ihm entgegen. Er machte das Licht an und traute seinen Augen nicht. In dem fensterlosen Raum standen lauter Gerätschaften herum, die an eine Folterkammer erinnerten. In einer Ecke stand ein SM-Spezialbett mit roter Plastikmatratze. Weitere Einzelheiten nahm er nicht wahr, denn er entdeckte Ela, die mit den

Händen kopfüber gefesselt, leblos an einem Deckenhaken hing.

Lucas Herz setzte ein paar Schläge aus, bevor ihm das Blut wieder in Kopf schoss. Ein ersticktes »Nein!«, entwich aus seiner zugeschnürten Kehle.

»Karl! Ruf noch mehr Krankenwagen!«, schrie er mit aller Kraft.

»Okay«, gab Karl Zeichen, dass er es gehört hatte.

Zitternd befreite Luca Ela vom Deckenhaken und legte sie vorsichtig auf das Bett. Er kämpfte mit den Tränen, während er Elas Puls fühlte. Erleichtert atmete er durch, als er Atmung erkennen konnte.

»Der Puls ist schwach, aber sie lebt«, verkündete er.

»Wie schön für sie, aber ich kratz hier gleich ab«, kam es aus dem Käfig.

Luca stutzte und sah ein leichenblasses Wesen, dem Schweiß auf der Stirn stand. »Ich bin auf Turkey! Besorg mir einen Schuss!«, fluchte das Wesen, die Arme um seinen gekrümmten Leib geschlungen.

»Das kann ich nicht! Was ist hier passiert?«, fragte Luca und sah sich suchend um.

»Nichts! Der Dreh sollte gerade losgehen, da kamen ein paar maskierte Typen und haben rumgeballert. Sie wollten wissen, wo Fabio ist. Principessa war da schon längst in Ohnmacht gefallen. Lässt du mich jetzt hier raus? Ich hab höllische Scheiß-Schmerzen! Ich muss hier raus!« Das Gespenst rüttelte an den Stäben.

»Gleich! Warte auf die Polizei oder den Krankenwagen. Ich muss mich erst um Ela kümmern«, antwortete Luca, während er zu Elas Kleidern griff. Schnell bedeckte er ihre Blöße. Niemand sollte sie so entwürdigt sehen.

Niemals vorher hatte er solche Angst um einen Menschen gehabt. Jetzt war ihm endgültig klar, dass er sie liebte. Was sollte er mit ihr machen, bis die Rettung da war? Leichenblass lag sie da, die Hände zusammengekrallt. Eine Mund-zu-Mund-Beatmung war nicht nötig, aber Luca wollte ihre Lippen spüren. Wie schön wäre es, wenn sie sich wachküssen ließe wie Dornröschen. Er neigte sich über sie und drückte einen Kuss auf ihren leblosen Mund. »Verzeih mir«, flüsterte er und strich liebevoll über ihr Haar. Als die Sanitäter kamen, war sie noch immer nicht bei Besinnung.

Kapitel 18 – Geständnisse

Als Ela erwachte, sah sie Lucas erfreutes Gesicht.

»Ela, endlich! Da bist du ja wieder. Mensch, ich hatte solche Angst um dich!« flüsterte er und drückte ihre Hand, die er offensichtlich die ganze Zeit über gehalten hatte, etwas fester.

Noch etwas benommen sah sie ihn fragend an.

»Du bist im Krankenhaus. Du warst ohnmächtig, als ich dich gefunden habe.«

»Meine Finger?«, fragte sie und betrachtete sie. »Ich kann sie nicht bewegen«, bemerkte sie beunruhigt und drehte ihre verkrampfte Hand hin und her.

»Eine Lähmung von der Fessel. Nichts Schlimmes. Es wird sich wieder zurückbilden.«

»Und das hier?«, fragte sie und hielt den Arm mit dem Infusionsschlauch darin hoch.

»Du warst dehydriert, haben die Ärzte gesagt. Du musst länger am Deckenhaken gehangen haben, sonst wärst du nicht ohnmächtig geworden.«

Ela nickte und erinnerte sich. Sie fühlte sich unglaublich schwach und gleichzeitig glockenklar.

»Ich hab noch Schreie aus dem Nebenraum gehört, aber ich habe nichts verstanden. Dann weiß ich nichts mehr.«

»Es ist vorbei, meine Süße. Das Schwein ist tot, so viel habe ich noch mitbekommen.«

»Du meinst Mario?«

»Genau, das hat ein Sanitäter oder Arzt bestätigt, als wir mit deiner Rettungstrage an der Leiche vorbeigegangen sind.«

Erleichternde Wärme strömte durch Elas Adern. Wenn Mario tot war, war es tatsächlich vorbei. Ihre Gebete waren erhört worden, sie war dem Tod von der Schippe gesprungen.

»Aber was ist genau passiert?« Das musste sie fragen. Sie musste ganz sicher sein.

Luca streichelte ihr liebevoll übers Haar.

»Ganz genau weiß ich das auch nicht. Die Haustür war offen und Mario tot. Dann hab ich dich aus der Folterkammer geholt. Mensch, Ela! Als ich das gesehen hab, kam mir die Galle hoch.« Zärtlich tätschelte er Elas Wange. »Gott sei Dank, sie werden ja wieder etwas rosiger. Es ist vorbei, Ela! Du machst dir keinen Begriff davon, was für eine Angst ich um dich hatte.«

Das Stichwort Angst ließ Ela ihren Herzschlag spüren. »Wo sind Lina und meine Eltern? Haben sie etwas mitbekommen?«

»Deine Eltern wissen nur, dass du dort gefesselt und festgehalten wurdest. Deine Mutter hat beim Anblick von Marios Leiche einen Schock erlitten, sie wurde auch hier eingeliefert. Lina ist immer noch bei deiner Freundin. Die Folterkammer haben sie nicht gesehen, auch dieser Karl nicht.«

»Karl?« Ela richtete sich etwas auf. Oh Gott! Was hatte Karl hier zu suchen?

»Er hat behauptet, er wäre Linas Vater und hätte sich Sorgen gemacht, weil du dich nicht gemeldet hast. Er hat mitgeholfen, ein Würstchen in Schach zu halten.«

»Würstchen?« Das hörte sich alles so merkwürdig an. Ela hatte das Gefühl, in einem Traum, oder im falschen Film zu sein.

»Wohl ein Kunde, der alles mit angesehen hat und sich vor Angst in die Hosen machte. Er ist ein guter Zeuge, denk ich.« Zeuge – war das jetzt gut oder schlecht? Sie hatte nicht einmal mehr Kraft, zu überlegen und wünschte, alles wäre nur ein schlechter Traum.

»Luca, sie haben mich erpresst. Sie sagten, wenn ich nicht alles mache, was sie wollen, würden sie sich Lina schnappen, vergewaltigen und das filmen ... so wie sie letzte Nacht alles gefilmt haben«, krächzte sie.

»Du musst das jetzt nicht erzählen, wenn du zu schwach bist. Das hat Zeit«, beruhigte Luca sie.

Ela entspannte etwas, doch plötzlich war es ihr wichtig, dass Luca wusste, was sie wusste.

»Ich will aber! Mich wollten sie töten, irgendwann, wenn sie mit mir fertig gewesen wären. Das müsste sein, haben sie gesagt. Und dich wollten sie auch töten, weil du schon so lange hinter ihnen herschnüffelst.«

»Mich?«

»Wir wissen zu viel, haben sie gesagt.«

»Fuck! Dieser Abschaum.«

Elas Kehle schnürte sich zu. Vielleicht war die Gefahr ja doch noch nicht vorbei? »Was ist mit Fabio?«, fragte sie.

»Wahrscheinlich ist da auch was passiert. Ich weiß es noch nicht genau, aber die Polizei war in seinem Lokal. Vielleicht haben sie ihn verhaftet?«

Es klopfte und Elas Eltern kamen herein. »Mein Schatz«, rief Simone und stürmte auf ihre Tochter zu. »Was machst du denn für Sachen?« Sie setzte sich aufs Bett und streichelte Ela die Wange. »Warum hast du uns denn nicht erzählt, dass du in Schwierigkeiten bist?«

»Ich weiß, ich hab Mist gebaut. Aber ich wusste nicht, was ich sonst machen sollte.«

»Zur Polizei gehen? Um ein Haar wäre Lina jetzt Waise«, tadelte Hannes.

»Luca hatte mir vorher zu viel von der Polizeiarbeit erzählt. Ich hatte Angst, dass es viel zu lange dauert, bis sie etwas tun.«

Luca schnappte nach Luft.

»Ela, ich weiß ich hab Mist gebaut ... großen Mist. Bitte verzeih mir! Mir tut das alles so leid, und wir reden auch noch drüber, aber nicht jetzt. Jetzt musst du dich erst mal ausruhen«, beruhigte Luca sie.

»Dieser Fabio, dein Arbeitgeber, ist übrigens erschossen worden. Vermutlich Mafiamord«, erklärte Hannes.

Fast schämte sich Ela, als Freude in ihr aufstieg und sie strahlen ließ.

»Das ist ja wunderbar«, bestätigte Luca. »Haben sie eine Ahnung, warum?«

»Nein, das muss erst noch alles ermittelt werden.«

»Das Schwein hat eine Menge Dinge gemacht, die der Mafia nicht in den Kram passen«, wusste Luca.

»Du weißt da mehr?«

»Nein, aber ich ahne es. Zum Beispiel hat dieser saubere Fabio Lucciano viel zu viel mit dem Schwanz gedacht.«

Elas Mutter kräuselte die Stirn.

»Na ja, er gehörte zur Mafia. Da sind die Frauen der anderen Clanmitglieder tabu. Lucciano hat aber alles gevögelt, was nicht bei drei auf den Bäumen war. Vielleicht sind die Clanmitglieder ja auch dahintergekommen, dass sie über Kinderpornos nachgedacht haben. Dafür hat selbst die Mafia zu viel Ehre im Leib.«

»Kinderpornos?«, fragte Simone und schlug die Hände vors Gesicht. »Was sind das nur für Tiere? Wie kommst du nur an solche Leute, Kind?«

Am liebsten wäre Ela vor Scham im Boden versunken. »Mama, ich wusste das alles nicht. Das musst du mir glauben. Mario war am Anfang nicht so. Er hat sich in letzter Zeit so verändert. Ich glaube, das waren die Drogen.«

»Drogen? Kind! Du hast doch hoffentlich keine genommen?«

Das waren jetzt Sachen, die sie ihren Eltern nicht gerne zumutete. Aber zumindest einen Teil der Wahrheit würden sie wohl erfahren müssen. Ela biss sich auf die Lippen. Hoffentlich nicht bis ins kleinste Detail.

»Nein Mama! Natürlich nicht.«

»Ja«, bestätigte Luca. »Bei Mario konnte man einfach alles bekommen und Fabio hat das Geld gewaschen. Aber einen Fehler darf man nie machen: als Dealer selbst drogensüchtig sein. Wer weiß, was sie noch für Geschäfte gemacht haben, um sich ihre Sucht zu finanzieren. Womöglich an der Mafia vorbei, wird auch nicht gerne gesehen.« Ela atmete durch. Offensichtlich versuchte Luca, ihre Eltern von den Details abzulenken. Aber das war nicht so leicht wie gedacht.

»Kein Wunder, dass du ihn uns nie vorgestellt hast. Dass du mit der Mafia zu tun hast?«, stotterte Simone und schüttelte den Kopf.

»Die Mafia ist überall in Deutschland. Sie haben auch die seriöse Wirtschaft unterwandert«, erklärte Luca. »Kein Mensch weiß, welche Eisdiele oder welches Café von einer Mafiafamilie betrieben wird.«

»Ich wusste es nicht Mama, ich schwöre. Ich kann mir auch nicht vorstellen, dass Mario schon immer bei der Mafia war. Was ist überhaupt mit ihm passiert? Ist er auch ermordet worden?«, fragte Ela.

»Die Polizei hat schon mit uns gesprochen. Das muss natürlich erst noch alles ermittelt werden, aber es sieht so aus, als ob er eines natürlichen Todes gestorben ist. Vermutlich plötzlicher Herztod. Dieser geschockte Kerl hat das ausgesagt. Mario muss umgefallen sein, nachdem ihn maskierte Männer mit der Waffe bedroht haben. Die dachten wohl, dieser Fabio wäre bei ihm.«

»Wow! Ich glaube, er ist an seinen eigenen Drogen gestorben. Wenn man zu viel von diesem aufputschenden Zeug nimmt, kann man Ruck Zuck daran verrecken. Das hätte er ja eigentlich schon von meinem Bruder lernen können. Was für ein schöner Tod, das Mindeste, was er verdient hat.«

»Ihr Bruder?«

»Lange Geschichte. Gehört zu dem Mist, den ich gebaut habe. Erzähle ich euch später mal«, sagte Luca zu den Eltern. »Jetzt muss Ela erst mal wieder gesund werden. Dafür braucht sie jetzt etwas Ruhe. Wir können das später noch genauer bereden«, brach er das Gespräch ab, wofür Ela ihm sehr dankbar war.

»Wie geht es Lina? Und wo ist sie?«, fragte sie.

»Sie ist immer noch bei Frauke. Sie weiß nicht, was passiert ist.« Simone strich ihrer Tochter beruhigend über den Arm. »Und ich weiß auch nicht, wie viel sie davon wissen muss.«

»Ein Karl war bei uns. Er hat behauptet, er wäre Linas Vater. Mit einem Fußball in der Hand stand er in der Auffahrt. Er war bei deiner Rettung dabei«, erzählte Hannes.

»Wie sah er aus? War er gepflegt?«, fragte Ela.

»Ganz normal. Wieso?«, fragte Simone.

»Karl ist ein Idiot. Aber ich muss ihm zugutehalten, dass er seine Fehler eingesehen hat. Ich werde es drauf ankommen lassen und Lina ihren Vater nicht mehr vorenthalten.«

»Dass du uns auch davon nichts erzählt hast! Wir scheinen ja nicht sehr vertrauenswürdig als Eltern zu sein«, schmollte Simone.

Ihr wollt gar nicht alles wissen, da bin ich mir sicher, dachte Ela und lächelte ein wenig.

»Mama, überleg mal. Ich war minderjährig, was er allerdings nicht wusste. Und dann war ich schwanger ... Natürlich hatte er Angst, dass man ihn deswegen drankriegt. Außerdem hat er mich maßlos enttäuscht, ich wollte nie wieder etwas mit ihm zu tun haben.«

»Und warum bist du dann doch zu ihm hin?«, fragte Luca.

»Weil kein Mensch von ihm wusste und ich Lina dort in Sicherheit bringen wollte – war aber keine gute Idee.«

»Ich hoffe, ab heute erzählst du uns etwas mehr«, bat Simone. »Oder haben wir dein Vertrauen nicht verdient?«

»Doch Mama. Ihr wart immer für mich da. Es tut mir leid. Wirklich! Okay?« Nun kämpfte Ela doch noch mit den Tränen. Auf einmal brachen alle Gefühle durch.

»Ich glaube, für heute ist es genug. Wir werden jetzt Lina abholen«, warf Hannes ein. »Sie wollen dich heute Nacht zur Beobachtung dabehalten.«

»Ich möchte bei dir bleiben. Wir haben noch etwas zu besprechen. Darf ich?«, fragte Luca, und sah Ela herzerweichend an.

»Wir werden Lina erzählen, dass du mit Luca weg bist. Okay?«, erklärte Simone augenzwinkernd.

»Okay«, nickte Ela und nahm die Abschiedsküsschen ihrer Eltern entgegen.

Als sich die Tür hinter ihren Eltern schloss, sah Luca ihr Lange in die Augen. Sein Blick funkelte. Allein sein Gesichtsausdruck sagte ihr so viel, drang ungefiltert bis in ihr Herz vor. Sie verstand jedes unausgesprochene Wort.

»Du hast mich also gerettet, hm?«, fragte sie lächelnd.

»Ela, ich möchte dir so viel erklären ... aber nicht jetzt. Du brauchst erst mal Ruhe. Du bist so unglaublich gefasst ... irgendwie unrealistisch. Du bist dem Tod von der Schippe gesprungen, das kann doch nicht so einfach an dir vorübergehen.«

»Vielleicht«, antwortete Ela nachdenklich. »Aber irgendwie habe ich in letzter Zeit gelernt, mich auszublenden. So, als wäre ich nicht mehr in mir, damit ich es ertragen kann. Vielleicht wirke ich deshalb so abgebrüht. Ich musste Einiges überstehen, das hat mich abgehärtet.«

»Du musst aber diese Erfahrungen irgendwann verarbeiten ..., und zwar mit professioneller Hilfe.«

»Irgendwann bestimmt. Aber nicht jetzt. Was ich jetzt brauche, sind Erklärungen ... von dir.«

»Okay, aber ich weiß nicht, ob das nicht zu früh ist.«

»Ich sage dir, wenn es mir zu viel wird, okay? ›Aufhören‹ wäre doch ein gutes Safeword, oder? Du musst dich nur danach richten.«

Luca lachte auf. »Dass du noch Witze machen kannst. Du bist wirklich ganz schön abgebrüht.«

»Nein, bin ich nicht. Ich hab Fragen, du hast Fragen. Lass sie uns klären, wenigstens die wichtigsten, dann komme ich vielleicht schneller zur Ruhe.«

»Die hab ich ja noch nicht mal für mich selbst geklärt. Ich bin selbst noch völlig durcheinander.«

»Meinst du, mir geht es anders? Sag, warum hast du plötzlich doch Gefühle für mich?«

»Ach Ela, die hatte ich doch die ganze Zeit! Schon, als ich dich zum ersten Mal gesehen habe. Ich wollte es nur nicht wahrhaben.«

»Und darum hast du mir so wehgetan?«

»Ich war ein verbohrter Idiot! Ich hatte mich vor Angst an meinen Zielen festgebissen.«

»Okay, von vorne«, forderte Ela. »Was haben deine Selbstanalysen ergeben?«

»Es war nicht nur die Rache für meinen Bruder. Es war der Hass auf die Mafia im Allgemeinen.«

»Du hast auch mit der Mafia zu tun?«

»Nicht so, wie du denkst. Meine erste große Liebe war einem Clanmitglied versprochen. Dann ist sie für andere tabu, verstehst du?«

»Nein.«

»Es hat mir das Herz gebrochen, dass sie den Vorgaben der Familie gefolgt ist und diesen Idioten geheiratet hat. Wir haben uns so geliebt. Seitdem habe ich keiner Frau mehr getraut, erst recht nicht, wenn sie blind folgt.«

»Und du hast gedacht, ich folge blind?«

»Ehrlich gesagt, ja. Sorry, dass ich nicht genau hingesehen habe.«

»Was solltest du auch denken?«

»Ich hab recherchiert, nachdem ich erfahren habe, was für Vorlieben du hast.«

»Weil du mich als Undercover-Agent für deine Zwecke benutzen wolltest? Du hast dir das wohl einfacher vorgestellt, was?«

Luca seufzte. »Ich schäme mich dafür. Verzeih mir. Ich wollte Ciro auf dich ansetzen, aber er wollte nicht mitspielen. Er kann mit devoten Weibern nichts anfangen ... so sein Wortlaut.«

»Deinen Bruder auf mich ansetzen, damit du deine Gefühle schützen kannst. Und an meine Gefühle hast du gar nicht gedacht?«

Luca nahm ihre Hand. »Doch, aber ich habe das einfach ausgeblendet. Ich war von Hass beseelt. Ich glaube, das kann sich niemand vorstellen.«

»Okay ...«

»Ich habe so lange mit mir gekämpft. Aber als ich dich heute gesehen habe und dachte, du bist tot, da war mir auf einmal völlig klar, dass ich dich liebe. Verstehst du?«

Ela lächelte. Eine unglaubliche Erleichterung erfasste sie. »Nein, sag das noch mal.«

»Ich liebe dich. Ich liebe dich so sehr, dass mir meine Angst völlig egal ist. Verstehst du?«

Ihr Lächeln ging in ein Strahlen über. »Ja«, hauchte sie.

»Gibst du mir noch mal eine Chance? Jetzt, nachdem die Dreckskerle tot sind, können wir doch noch mal von vorne anfangen. Ich werde auch Geduld und Verständnis haben. Ich schwöre!«, bettelte Luca.

»Weißt du, das Problem ist, ich bin gar nicht wirklich devot. Ich meine, eigentlich ist das kein Problem. Am Anfang haben mich Kerle, die wussten, was sie wollten, unglaublich angemacht. Denn sie wollten ja mich. Bei Mario dachte ich erst, er liebt mich wirklich, bis er dann immer mehr ›Beweise‹ forderte«, erklärte Ela und machte Gänsefüßchen in die Luft. »Erst hab ich mich noch drauf eingelassen, jedenfalls teilweise. Er hat mich nicht umsonst Principessa genannt. Als ich mich dann trennen wollte, kamen seine psychischen Probleme voll ans Licht. Erst da ist es eskaliert.«

»Du hast nicht alles mit dir machen lassen?« Luca konnte seine Erleichterung nur schwer verbergen.

»Nein. Vor allem mag ich keine Schmerzen und ich mag auch nicht mit anderen Männern schlafen, wenn ich die nicht liebe.«

»Weißt du, was du da gerade sagst? Weißt du, wie glücklich mich das macht?«

Ela lachte. »Ja, es heißt, ich liebe dich auch.«

Luca legte den Finger unter Elas Kinn und zwang sie, ihn anzusehen. »So! Du stehst auf Kerle, die wissen, was sie wollen? Eins ist dir ja hoffentlich klar: Ich will dich!«, flüsterte er.

Mehr konnte sie nicht sagen, denn sein Mund lag auf ihrem.

So erschöpft sie auch war, nie hatte sie einen solchen langen, zärtlichen und innigen Kuss mehr genossen. Verbindung, Verschmelzung und Verzeihung in einem – ganz ohne Worte.

Kapitel 19 – Es geht auch anders

Die Abendsonne schien friedlich durch die Butzenscheiben der Dorfkneipe, als Ela zum SatV-Treffen mit ihren Freundinnen stieß.

»Sorry, dass ich so spät komme«, entschuldigte sie sich, etwas außer Atem.

»Wir sind doch froh, dass du überhaupt kommst«, meinte Frauke.

»Konntest du dich wieder nicht lösen?«, fragte Karina augenzwinkernd.

»Vielleicht«, erwiderte Ela mit einem seligen Grinsen und setzte sich. »Aber ich bin echt froh, dass ihr extra für mich unser Treffen verschoben habt.«

»Zwangsläufig verschoben habt«, berichtigte Lea.

»Habt ihr schon was zu trinken bestellt? Ich geb 'ne Runde aus, auf mein zweites Leben«, verkündete Ela.

»Hoffentlich wird dein neues Leben besser als dein altes. Du hast uns einen ganz schönen Schrecken eingejagt, weißt du«, krittelte Frauke. »Ich dachte, ich hör nicht richtig, als deine Eltern mir die Geschichte erzählt haben.«

»Und was da für Horrorgeschichten in der Zeitung stehen«, ergänzte Karina.

»Warum haben sie dich eigentlich gefesselt?«, fragte Lea.

Alle blickten grinsend zu Lea. »Ach Quatsch! Ihr verarscht mich – echt jetzt?«, lachte sie.

»Echt jetzt! Und da gibt es nicht viel zu lachen, wenn man an die falschen Leute gerät«, erklärte Ela.

»Genau! Also Manu, da unterhalten wir uns ganz unschuldig über BDSM und du sitzt daneben und feixt dir einen«, empörte sich Karina scherzhaft. »Echt krasse Geschichte.«

»Finde ich auch. Wir zerpflücken die Theorie und du lebst die Praxis. Das kannst du doch nicht machen!«, entrüstete sich Lea. »Wie bist du denn bloß darauf gekommen?«

Die Entrüstung ihrer Freundin war zwar ernst, aber Ela musste dennoch lächeln. »Wie ich dazu gekommen bin? Ich war jung und naiv und bin da irgendwie reingerutscht. Ich dachte, das hat was mit Liebe und Vertrauen zu tun. Wie du siehst, kann man da nicht vorsichtig genug sein.«

»Ich glaube, die Fantasie genügt mir«, meinte Lea.

»Soso ... Fantasie«, spottete Frauke.

»Bist du eigentlich auch so kunstvoll gefesselt worden?«, fragte Karina.

»Nein, zu solchen Fummeleien hatte Mario keine Lust. Leder- und Eisenfesseln sind schneller und unkomplizierter.«

»Mario ... Mafia ... Und mein Leben ist so langweilig, habe ich gedacht, als ich die Geschichte gehört habe«, beklagte sich Karina.

»Genau, das ist so ... wow!«, meinte Lea. »Manu in den Händen der Mafia. Das klingt wie ein Film, ein spannender Krimi ... und supergefährlich.«

»Und keiner ahnt etwas«, bemerkte Frauke.

»Jep, aber glaubt mir, so was wünscht ihr euch nicht. Was hättet ihr gesagt, wenn ihr es gewusst hättet?«, fragte Ela. »Man wird schief angesehen, oder als krank bezeichnet. Womöglich noch missioniert. Das muss ich nicht haben.«

»Wir hätten dich missioniert? Glaubst du das wirklich?«, fragte Lea.

»Hast du doch gerade ... zumindest andeutungsweise«, gab Ela zurück.

»Was denkst du nur über uns? Natürlich hättest du uns haarklein alles erzählen müssen, wie es so ist, und so«, meinte Karina augenzwinkernd. »Wer traut sich schon, es tatsächlich mal auszuprobieren.«

»Wie du siehst, ist es auch nicht ganz ohne Risiko. Für mich hat es sich einfach so ergeben. Vielleicht ziehe ich solche Typen auch an. Oder besser: zog ... mit unbewussten Gesten«, erklärte Ela.

»Hast du eigentlich mal überlegt, ob es krankhaft ist?«, fragte Frauke und alle stutzten. Sie zuckte mit den Schultern »Was?«

»Krankhaft? Klar habe ich mal darüber nachgedacht. Es kann mit Erlebnissen in der Kindheit zu tun haben. Aber ich glaube das bei mir nicht, denn ich brauche es eigentlich nicht. Das ist mir aber erst zu spät klar geworden. Fast zu spät«, gestand Ela.

»Genau, viele haben solche Fantasien«, sagte Karina.

»So ist es. Und ich kann euch versichern: Nichts reicht an die Fantasie heran. Aber können wir jetzt zum gemütlichen Teil übergehen? Dies Thema zerpflücke ich schon mit Luca, meinen Eltern und meinem Therapeuten. Das ist anstrengend genug«, stöhnte Ela.

»Okay!«, erklang es fast im Chor.

»Also Mädels, habt ihr euch schon überlegt, als was wir uns zu Karneval verkleiden?«, fragte Ela lächelnd.

Es fühlte sich seltsam für Ela an, das Haus der Nachbarn aufzuschließen und hineinzugehen, als ob sie hier wohnte. Luca hatte ihr heute feierlich den Schlüssel übergeben, damit sie hineinkam, wenn sie erst spät vom Treffen zurückkam. Das wäre eine gute Gelegenheit, auch über Nacht zu bleiben – sagte er. Damit war es ein Stück weit ihr Zuhause geworden, obwohl sie noch immer nicht miteinander geschlafen hatten.

Für Ela fühlte es sich wie eine Teenagerliebe an, bei der der erfahrene Partner auf seine Jungfrau wartete, bis auch sie bereit war. Und sie genoss es, denn das waren Erfahrungen, die ihr bis dahin fehlten. Wie Teenager küssen, schmusen und fummeln, das war Neuland und weckte immer in ihr nie geahnte Empfindungen. Zwar hatte sie diese Dinge auch mal zwischendurch in ihrer wilden Phase gemacht. Allerdings war dabei nie Liebe im Spiel gewesen und genau das machte den Unterschied.

Dabei wuchs ihr Verlangen beim Zusammensein mit Luca oft übermäßig. Wie oft schoss ihr *Fick mich endlich* durch den Kopf, nur aussprechen konnte sie es nicht. Oft kam es ihr so vor, als wäre das freiwillige Zölibat auch für ihn eine Quälerei. Vielleicht war es doch eine Erziehungsmaßname der etwas anderen Art? So war sie jedenfalls bisher noch nie diszipliniert worden.

»Da bist du ja endlich. Na, war es schön, dich mal wieder mit deinen Freundinnen zu treffen?«, murmelte Luca verschlafen.

»Ja, war es. So schön normal«, antwortete Ela, während sie sich im Schein der Nachttischlampe auszog.

Luca drehte sich um und betrachte sie. »Schön, dass du langsam wieder in ein normales Leben zurückfindest.«

»Man lernt ein normales Leben wirklich erst schätzen, wenn man es nicht mehr hat«, überlegte Ela, während sie zu ihrem Schafshirt griff.

»Lass es aus!«, wies Luca sie an.

»Aber ich mag es nicht ... so nackt.«

»Ich mag es aber. Ich möchte dich ganz nah bei mir haben, Haut an Haut.«

Ela zögerte.

»Ist es wegen der Narben?«, fragte Luca.

Ela presste die Lippen zusammen. Offensichtlich war sie für Luca wie ein offenes Buch. »Ich weiß nicht ... vielleicht.«

»Sie sind doch schon fast verblasst. Tun sie immer noch weh?«

»Nein, nicht wirklich. Vielleicht verstärken sie die Narben auf meiner Seele, wenn ich sie mir ansehe ... keine Ahnung.«

»Es ist dunkel, Süße. Wenn sich bald der ganze Schorf gelöst hat, wird man praktisch nichts mehr sehen. Und außerdem habe ich auch Narben, von meinen Stürzen mit dem Motorrad.«

»Das ist etwas anderes.«

»Warum? Weil sie zeigen, dass du nicht perfekt bist? Das bin ich doch auch nicht.«

»Du bist nicht misshandelt worden.«

»Nein, das bin ich nicht. Ich kann mir auch nicht ansatzweise vorstellen, wie sich das anfühlt. Tut mir leid. Ich möchte nur tun, was ich kann, damit du deinen Schmerz überwinden kannst.«

Ela seufzte, legte das Shirt wieder beiseite und schlüpfte nackt unter die Decke.

»So ist es brav«, flüsterte Luca. »Manchmal mag ich es, wenn du brav bist.«

Ela schloss die Augen. Lucas Körper strahlte Wärme und Geborgenheit aus. Das fühlte sich gut an. Sie hielt den Atem an, als seine Hände über ihre Arme streichelten und auf dem Bauch landeten. Nachdrücklich presste er ihren Leib an seinen. Er war bereits fühlbar erregt.

»Das machst du mit mir, wenn ich dich nur ansehe«, raunte er. »Egal, ob mit oder ohne Narben.«

Ela bekam eine Gänsehaut. So nackt und schutzlos seiner Nähe ausgeliefert, das hatte auch etwas von SM, aber das schien ihm klar zu sein.

»Brauchen wir ein Safeword?«, fragte er. »Wie wäre es mit *Stopp*? Aber bitte nur benutzen, wenn du es nicht mehr aushältst. Du entscheidest, was mit dir geschieht ... immer.«

Seine Nähe, sein Geruch und die geschickten Finger hatten längst das Feuer in ihr entfacht. Ein Prickeln lief durch ihren ganzen Körper und konzentrierte sich im Unterleib. Mit jedem Kuss, den Luca auf ihren Hals setzte, wurde es stärker.

Sie drehte sich auf den Rücken und flüsterte: »Schlaf mit mir.« Genau dies war in dem Moment ihr größter Wunsch, kein *fick mich*.

»Du glaubst nicht, wie sehr ich darauf gewartet habe«, antwortete Luca und vergrub sein Gesicht in ihrer Halsgrube. Sein Atem kitzelte, seine Hände waren überall. Er begrub sie unter einer mächtigen Lawine von Zärtlichkeiten, doch sie konnte den Kopf nicht ganz freibekommen.

Ständig waren ihre Gedanken bei den vernarbten Stellen. Immer, wenn er in ihre Nähe kam, spannte sich ihr Körper stärker an. Das schien auch Luca zu spüren.

Er dimmte die Nachttischlampe heller und deckte ihren Körper auf. Gleich wollte sie protestieren, doch Luca nahm ihr Gesicht, fixierte es mit einer Hand.

»Sieh mich an«, gebot er.

Ihr aufkommender Protest wurde mit einem leidenschaftlichen Kuss erstickt. Zaghaft öffnete sie ihren Mund, ließ sich erobern und eroberte schließlich zurück. Der sinnliche Tanz der Zungen löste die restliche Starre. Sie hatte das Gefühl zu zerfließen. Es zog wohlig in ihrem Unterleib, sie spürte, wie sie feucht wurde.

Mit kleinen Küsschen arbeitete er sich nach unten, wobei er die geschundenen Stellen bevorzugt mit Zärtlichkeiten bedachte. Auch die Brustwarzen liebkoste er ganz zärtlich mit der Zunge, den Lippen, sog sie vorsichtig ein. Ela bog ihren Körper lustvoll durch. Sie wünschte sich sogar, manchmal etwas härter angefasst zu werden.

Luca fuhr unbeirrt mit seinen sanften Streichelattacken fort. Elas Verlangen wuchs weiter, als er mit der Zunge ihren Bauchnabel umrundete und sanft eintauchte. Immer weiter arbeitete er sich nach unten, bis er schließlich am Venushügel war. Plötzlich erinnerte sie sich an den Oralsex der Latex-Lady. Ihr Körper versteifte sich, denn nicht nur diese Szene war auf einmal präsent.

»Stopp«, flüsterte sie, aber Luca hatte auch schon vorher ihre Signale verstanden und war wieder auf dem Weg nach oben.

»Soll ich abbrechen?«, fragte er und sah sie liebevoll an.

»Nein, mach weiter. Nur kein Oral ... bitte. Ich möchte dich endlich in mir spüren.«

Luca nickte, lächelte erleichtert und küsste erneut all ihre Gedanken weg. Stück für Stück trieb er sich sanft zwischen ihre Beine, bis sie seine Härte an ihrem Eingang spürte. Seine Arme schlüpften unter ihre Schultern und fixierten den Kopf, während er ganz langsam und spielerisch in sie eindrang. Genießerisch schloss sie die Augen. Was war das für ein Unterschied, zwischen dem rohen Geficke und dieser sinnlichen Zärtlichkeit hier.

»Sieh mich an«, forderte er. »Das ist es, was die Sexualität der Menschen von den Tieren unterscheidet. Sie können sich in die Augen sehen, wenn sie es tun.«

In quälend langsamen Stößen versenkte er sich immer tiefer. Sie schauten sich dabei in die Augen, er küsste sie auf den Mund oder Hals. Seine Bewegungen wurden schneller und der heiße Atem verschaffte ihr Gänsehaut. Sein verhangener Gesichtsausdruck und sein männlicher Duft ließen ihre Lust weiter wachsen. Ela öffnete die Beine, so weit sie konnte. Mittlerweile war sie unendlich gierig nach dem bittersüßen Schmerz, den seine Stöße verursachten. Heißkalte Schauer liefen durch ihren Körper, als er sich plötzlich unter Stöhnen in ihr ergoss.

Die Enttäuschung über die fehlende Befriedigung raubte ihr einen Moment den Atem.

»Sorry«, murmelte Luca. »Du machst mich so an. Es war jetzt leider nicht mehr aufzuhalten.«

Ela entspannte ihren Körper und seufzte leise.

»Nun liegt wohl alles an dir, wie schnell es weitergeht«, verkündete er süffisant und legte sich neben sie auf den Rücken.

»Das ist nicht dein Ernst, oder?«, flüsterte sie in sein Ohr. Vor Enttäuschung biss sie sanft in sein Ohrläppchen. Sofort stieg das Blut in ihren Kopf. Was war nur mit ihr los? So etwas hatte sie sich noch nie getraut. Sie biss sich auf die Lippen und erwartete angespannt seine Reaktion. Lachend zog er sie zu sich herunter und küsste ihre Stirn.

»Sorry Süße, aber meine Eier waren am Platzen. Wenn du mehr willst, hol es dir«, forderte er und schob ihren Körper auf seinen. »Reite mich.«

Er war noch hart und Ela konnte nur noch an ihren Orgasmus denken. Gierig nahm sie ihn wieder in sich auf und bewegte sich ungezügelt. Luca streichelte sie, knetete ihre Brüste und heizte ihre Bewegungen mit den Händen an. Sie konnte an nichts anderes denken, als ihre Befriedigung. Als der Orgasmus endlich über sie hinweg rollte, war sie erstaunt, wie leicht ihr die aktive Rolle gefallen war.

Luca lachte glücklich. »Küss mich«, forderte er und zog sie zu sich herunter. Ihre schweißnassen Körper glitschten, als Ela entspannt und schwer auf ihm lag.

»Ich unterbreche diese entspannte Situation ja nur ungern, aber jetzt hast du mich wieder scharfgemacht.«

Er rollte sie auf die Seite, trieb ihre Beine auseinander und drang von hinten in sie ein.

»Wusstest du, dass viele Männer liebend gern den Nacken küssen. Vor allem, wenn sie so eine Gänsehaut auslösen wie bei dir.«

Er drehte ihren Kopf, sodass er sie wieder küssen konnte. Sie stöhnte ihm in den Mund, und er erhöhte den Takt. Immer hungriger wurden seine Bewegungen, immer stürmischer seine Zärtlichkeiten, die er durch begehrliche Küsse unterbrach. Diesmal zeigte er eine beeindruckende Ausdauer, die sie beständig auf die Klippe zutrieb. Kurz vor der Erlösung stimulierte er mit geschickten Fingern ihre Klit und schaffte es, dass sie den zweiten Orgasmus gemeinsam erlebten. Sie lösten sich nicht sofort voneinander.

Nach einem zärtlichen Kuss voller Dankbarkeit bedeckte er ihren Körper wieder mit tausenden kleinen.

»Ich liebe dich«, murmelte Luca. »Ich liebe dich so sehr. Du bist wunderschön.«

In diesem Moment fühlte Ela grenzenloses Vertrauen. Sie drehte sich zu ihm, sah in sein vor Liebe sprühendes Gesicht.

»Ich dich auch. Ich liebe dich auch. Danke, dass du da bist, und danke für deine Geduld.«

Epilog – Tagebucheintrag Manuela

Heute sind Luca und ich genau zwei Monate zusammen und ich kann gar nicht glauben, wie sich meine Welt verändert hat. Lina war bei Karl, mit dem sie sich überraschend gut versteht. Es ist eine Freude, zu sehen, wie die beiden sich gegenseitig guttun.

In diesen zwei Monaten hat Luca mir gezeigt, wie schön es sein kann, zu lieben und sich gegenseitig Liebe zu schenken. Er hat mich ermutigt, auch aktiv zu werden, meine Wünsche zu äußern und dabei keine Angst zu haben.

Meine Gefühle für ihn sind unbeschreiblich gewachsen, genauso wie mein Vertrauen zu ihm. Er ist der Mann, nach dem ich immer gesucht habe. Meine Eltern und Lina sind fast genauso glücklich über meinen Freund wie ich.

Wer hätte gedacht, dass ich schon nach zwei Monaten so ein Resümee schreiben würde?

Luca und ich haben diesen wunderbar warmen Herbstsonntag genutzt und sind mit der Enduro noch einmal zum Bach im Wald gefahren. Es roch schon ein wenig nach Herbst. Das Wasser plätscherte, die Blätter der Bäume raschelten, die Sonnenstrahlen kitzelten und die Vögel zwitscherten. Es war alles so wie beim ersten Mal, nur fühlte es sich diesmal vollkommen anders an. Ich fühlte mich freier und glücklicher, meine

Unsicherheiten waren völlig verschwunden. Luca hat in dieser kurzen Zeit einen vollkommen neuen Menschen aus mir gemacht.

Er hatte ein kleines Picknick für uns arrangiert, mit einem Piccolo. Nicht zu viel, denn er musste ja fahren.

»Aber ein wenig«, sagte er, »um anzustoßen, auf Phase zwei.« Dabei lächelte er geheimnisvoll. »Was soll denn das nur für eine Phase zwei sein?«, fragte ich.

»Eine, die dein Leben noch ein kleines Stück besser machen kann.«

»Mein Leben ist im Moment perfekt. Ich wüsste nicht, was man da noch besser machen kann.«

»Na dann ... lass uns einfach den Moment genießen.«

Wir haben uns lange in die Augen gesehen und uns danach gegenseitig gefüttert. Auch Luca hat sich verändert, er ist viel entspannter als noch vor zwei Monaten. Er hat sich vorgenommen, ab jetzt das Leben mehr zu genießen und begonnen, unsere gemeinsame Zukunft zu planen.

Im Grunde können wir seit zwei Monaten nicht die Hände voneinander lassen. Ciro nennt uns schon *Lucela*. Lass ihn lästern, denn mit seiner Freundin ist es ihm auch ganz schön ernst. Luca wettet mit jedem, dass er nächstes Jahr Onkel wird.

»Ich glaube, du bist jetzt soweit«, sagte er, als wir satt waren, und begann mit mir zu schmusen. Wir tauschten einen langen, leidenschaftlichen Kuss.

»Ich zeig dir mal, wie sinnlich und heiß SM sein kann«, murmelte er und schob seine Hände unter mein Shirt. Sein Ton war bestimmender als sonst und meine

Reaktion auf seine Berührung deshalb stärker. Seine Stimme ging durch Mark und Bein, eine Facette, die er mir bisher noch nicht gezeigt hatte. Erst dachte ich, er wollte mein T-Shirt ausziehen, aber er fixierte damit meine Arme über dem Kopf.

Sicher bin ich schon gefesselt und mit verbundenen Augen gefickt worden, aber das, was Luca heute mit mir machte, waren sinnliche Berührungen einer anderen Dimension. Er ließ einen Eiswürfel über meine empfindlichsten Stellen wandern. Ich spürte, wie sich meine nassen Brustwarzen aufstellten, als ein Windhauch sie streifte. Jede seiner Berührungen war fester, energischer, leidenschaftlicher. Intensiv knetete er meine Brüste, saugte härter und setzte sanfte Liebesbisse. Diese Art von zartem Schmerz schärfte meine Sinne, verstärkte meine Empfindungen. Er durfte mich sogar oral verwöhnen und ich hielt ihm begierig mein Becken entgegen.

Der Orgasmus, zu dem er mich trieb, ja fast hinfolterte, war entsprechend gigantisch.

Dieser Sex war völlig befreit, so wie das Gefühl hinterher.

»Hm, das war wirklich eine neue Phase, ja sogar eine ganz andere Liga«, murmelte ich zufrieden, als er mit einem triumphierenden Grinsen mein Shirt wieder nach unten zog.

Er küsste mich auf die Wange. »Ja, aber es ist auf Dauer ganz schön anstrengend, der aktive Part zu sein, deshalb wünsche ich von dir, dass du mich auch mal dominierst.«

»Weißt du eigentlich, was du da von mir verlangst? Ich soll zum Switcher werden? Die sind sehr unbeliebt in der Szene, weil sich niemand auf sie einstellen kann«, antwortete ich und grinste genauso süffisant zurück.

»Kann schon sein. Gott sei Dank sind wir nicht die Szene. Wir sind wir und machen, was uns gefällt.« Er grinste mich an und ich begriff seine Lektion.

»Kann schon sein, dass du da recht hast«, antwortete ich und knabberte an seinem Ohr. Er stöhnte und rekelte sich wohlig unter meinen Zärtlichkeiten, die ich daraufhin über ihn ausschüttete.

Ja, das war der erste Tag der wunderbaren Phase zwei.

Morgen folgt Phase drei, der erste Tag an der Uni und deshalb muss ich jetzt Schluss machen und ins Bett. Luca wartet schon sehnsüchtig.

Mein etwas anderer Millionärsroman:

Hauptsache Millionär

Geld oder Liebe?

... Ist für Mia keine Frage. Enttäuscht von ihrem reichen Verlobten, setzt sie jetzt ganz auf Unabhängigkeit und Geldverdienen. Leider ist das schwieriger als gedacht, denn sie bekommt nur schlechtbezahlte Praktika. In ihrer Not versucht sie sich als Autorin eines Liebesromans. So ein bisschen Geschreibsel ist doch eine Kleinigkeit und mit Einhaltung der Genre-Regeln ist der Erfolg praktisch garantiert. So ist ihre Vorstellung, als sie sich in ihrem Stamm-Café motiviert an die Arbeit macht. Ben, der denselben Lieblingstisch hat, setzt sich zu ihr. Er trägt T-Shirts mit schrägen Sprüchen, ist selbstbewusst, charmant ... und geht Mia mit seinen neunmalklugen Kommentaren gehörig auf den Wecker. Als er von ihren schriftstellerischen Ambitionen erfährt, bietet er sich selbstlos als Muse an. Und Mia? Die fühlt sie sich auf sonderbare Weise zu ihm hingezogen ...
Rasante Liebesgeschichte mit Witz und Herz.

Der Roman enthält Erotikszenen.

Bücher der YOLO Reihe:

„YOLO, You Only Live Once" ist eine Liebesroman-Reihe, die das Herz berührt. Sie spielt in der reichen Modestadt Düsseldorf und ihrer Umgebung. Die Helden sind Menschen, die ihrem Leben noch einmal eine ganz neue Richtung geben. Im Mittelpunkt stehen dabei die vier Freundinnen, Frauke, Lea, Manuela und Karina, die sich nicht nur bei ihren SatV-Treffen (Sex and the Village) in Liebes- und Lebensfragen beraten. Alle Geschichten sind unabhängig voneinander zu lesen, mit einem Schuss sinnlicher Erotik und natürlich Happy End. In jedem Band gibt es ein Wiedersehen mit den Helden aus den anderen Bänden.

Band 1
Bittersüßer Kaffee
– Elias' Song (Frauke)

Band 2
L(i)ebe lieber ungefährlich
– Tims Geständnis (Lea)

Weitere Bände in Planung.

Bittersüßer Kaffee
Band 1: Frauke
(Ist vollkommen unabhängig von den anderen Teilen der YOLO-Reihe zu lesen)

Wer ist dieser Mensch im Cowboy Kostüm, dem Frauke im Karneval begegnet? Lässig, sexy und unverschämt gutaussehend bringt er ihr Gefühlsleben gründlich durcheinander. So lässt sie sich mitreißen und steht schon bald zwischen Cowboy und Ex-Mann. Denn abgeschminkt und ohne Kostüme zeigt sich, dass ihre Lebensentwürfe vollkommen unterschiedlich sind. Welchen Einfluss haben Elias' starke Gefühle auf seine ehrgeizigen Ziele?

Kann man sich die Sehnsucht nach Geborgenheit und Liebe so einfach erfüllen, wenn der siebte Himmel und die Hölle so nah beieinanderliegen? Diese Fragen muss Frauke sich stellen, denn ihre Dämonen schlafen nie.

Gefühlvoll, dramatisch, romantisch, mit einem Hauch Poesie.

»Sehr schöne Geschichte, leise und laut, glücklich und schmerzvoll. Großartiger Alltagskiller, der das Leserherz berührt.«

»Ich mag es, wie die Konflikte des normalen Lebens gegen die Gefühle kämpfen. Und das auf eine so natürliche Art. Sehr gelungen.«

»Alica H. White hat irgendwie so eine eigene Art zu schreiben. Sie lässt alles so lebendig werden, so als wäre man dabei. Ihre Protagonisten sind nie ganz »glatt«. Sie haben Ecken und Kanten, Macken und Fehler. Das lässt sie so realistisch wirken.«

L(i)ebe lieber ungefährlich
Band 2: Lea
(Ist vollkommen unabhängig von den anderen Teilen
der YOLO-Reihe zu lesen)

Liebe ist nichts für Feiglinge.

Dieser Typ ist brandgefährlich, denkt Lea, als sie Tim das erste Mal begegnet. Seine geheimnisvolle Ausstrahlung weckt in ihr ein verbotenes Verlangen, denn sie ist bereits verlobt. Ihren Traum von der eigenen, kleinen Familie möchte sie um alles in der Welt bewahren. Unglücklicherweise stellt sich Tim als ihr zukünftiger Chef heraus, mit dem sie auch noch intensiv zusammenarbeiten muss. Zwangsläufig kommt sie ihm dadurch näher und verfällt immer mehr seinem Charme. Ihre Gefühle geraten in einen Strudel, der droht, sie hinunterzuziehen, denn Tim ist ein Frauenjäger und behauptet von sich, er könne nicht lieben.

Emotionsgeladenes Katz und Maus Spiel mit Tiefgang.

Leserstimmen:

»Was für eine Lovestory ... sie ist so prickelnd, erotisch knisternd. Das Gefühl von Red Bull getrunken zu haben, kam dem Lesegefühl sehr nah – unbedingt lesen!«

»Die Handlung der Geschichte bzw. auch die Schreibweise hat mich so in den Bann gezogen, dass ich komplett die Zeit vergessen habe. Ich war emotional und gefühlsmäßig so versunken. Ich hab gelacht, mitgefiebert aber auch den Knoten im Hals bzw. ein mulmiges Bauchgefühl. Die Gefühle spielten einmal quer Beet Achterbahn.«

Somebody Perfect?
Traummann mit Fehlern

Gibt es die perfekte Liebe? Ausgerechnet in ihrer Hochzeitsnacht entdeckt Lisa starke Gefühle für ihren alten Sandkastenfreund Raphael. Aus der bekannten Vertrautheit entwickelt sich in dieser Nacht ein überraschend intensiver Moment, der sie fortan nicht mehr loslässt. Doch Raphael besitzt den Ruf eines unterkühlten Womanizers; er ist nicht nur außergewöhnlich schön, sondern auch hochbegabt. Ihre Wege verlaufen zwar anschließend getrennt, doch beide müssen immer wieder an diese besondere Begegnung denken. Dann erfährt Lisa, dass Raphael etwas anders tickt. Gibt es jetzt doch noch eine Chance für ihre Liebe?

Liebesroman mit einem Asperger-Autisten als Helden. Eine junge, ungewöhnliche Liebesgeschichte, mit Witz und Tiefgang.

Nominiert für den Skoutz-Award 2017.

Der Roman enthält explizite Szenen.

Herz in der Hand – Someone Forever

Die Gay-Romance, ein Ableger von
Somebody Perfect?

Dominic ist sehr verliebt in Frederic. Sein Freund verbirgt seine Homosexualität aber vor der Öffentlichkeit. Als Gerüchte aufkommen, von denen Frederic geschäftliche Nachteile befürchtet, legt der sich eine Fake-Freundin zu. Dominic muss dabei mit Eifersucht und Zurücksetzung kämpfen. Er durchlebt eine rasante Achterbahnfahrt der Gefühle.

Beloved Millionaire Trilogie – Ethan und Ella

Gekaufte Liebe (Band 1)

Völlig mittellos kommt die junge Ella von Montana nach New York. Sie träumt vom Abenteuer Großstadt und davon, schnell genug Geld zu verdienen, um studieren zu können. Doch sie weiß, dass das alles andere als leicht sein wird. Da läuft sie dem reichen Wirtschaftsanwalt Ethan – im wahrsten Sinne des Wortes – in die Arme und der macht ihr ein reizvolles Angebot: eine Million Dollar für ein Jahr als Gesellschafterin.

Scheinbar leicht verdientes Geld, aber auch genug für die Aufgabe ihrer Freiheit? Nach anfänglichem Zögern geht Ella auf das Angebot ein, es ist einfach zu verlockend. Der undurchschaubare Ethan entpuppt sich als erstaunlich fürsorglich und liebevoll. Er führt sie in eine neue Welt voll erregender Momente und weckt völlig unbekannte Empfindungen in ihr. Aber wie ehrlich meint er es? Findet sie ihr Glück oder stürzt sie vom Gipfel ins Bodenlose?

Versteckte Gefühle (Band 2)

Ethan hält es ohne Ella nicht aus und auch sie ist krank vor Sehnsucht. Deshalb muss er sie nicht lange überreden. Nur allzu gerne wirft sie ihre Vorsätze über Bord und folgt ihm wieder in sein Penthouse. Wie am Anfang ihrer Beziehung ist es zügelloses Verlangen, das über sie hinwegrollt und Ella den Verlust ihrer Freiheit zunächst vergessen lässt.

Doch nach einiger Zeit verfällt sie wieder in tiefe Traurigkeit. Auch wenn Ethan versucht, sie so gut wie möglich zu trösten, wird das Eingeschlossensein für sie immer unerträglicher. Als sie ihn dann noch in den Klatschspalten mit einer anderen Frau sieht, eskaliert die Situation in einer Kurzschlussreaktion, mit der sie alles aufs Spiel setzt. Gibt es noch eine Chance für ihre Liebe, oder opfert er sie für seine politische Karriere?

Dunkle Geheimnisse (Band 3)

Am Boden zerstört, glaubt Ella nicht mehr an eine Beziehung mit Ethan. Resigniert sucht sie nach einer neuen Perspektive für sich. Währenddessen verzweifelt Ethan mehr und mehr. Unmöglich kann er auch nur noch einen weiteren Tag ohne Ella leben und macht ihr deshalb ein überraschendes Liebesgeständnis. Wird nun endlich Ellas größter Wunsch in Erfüllung gehen?

Doch nur kurz können sie ihre leidenschaftliche Zweisamkeit genießen. Ethans Mutter, Cynthia, ist wutentbrannt über die Entscheidung ihres Sohnes und will Ella nicht akzeptieren. Und auch aus der Vergangenheit droht Gefahr. Nicht zuletzt als plötzlich ein lange gehütetes Familiengeheimnis der Wyatts aufgedeckt wird und Ethans Leben völlig auf den Kopf stellt.

Werden es Ella und Ethan schaffen den Intrigen zu widerstehen und endlich glücklich werden?